파랑의
계절

2024

짓다
김채리
현소희

그리다
지

weareparang

연소희

수빈, 지향, 승재, 요진, 은정, 현경, 상미, 수현, 재은, 아영,
상아, 민서, 진, 아리, 수지, 승준, 연우, 소현, 지환, 민지, 한솔,
다혜, 수민, 혜주, 혜진, 채린, 윤선, 미애, 선아, 현우, 여운,
현선, 은협, 승두, 다은, 지민, 보미, 영경, 가홍, 은혜, 송이,
시율, 효원, 은소, 현희, 혜란, 서윤, 봄비, 동환, 율, 현지, 승봉,
윤진, 승우, 푸름, 인선, 현진, 예나, 선하, 여니, 재현, 지혜,
동희, 다인, 아연, 하빈, 민아, 채영, 승연, 찬아, 세환, 유림,
은진, 수인, 지현, 채완, 소원, 가빈, 은보, 희재, 윤아, 이슬,
화정, 소민, 진아, 상준, 재연, 수연, 지애, 희수, 금진

봄에서 여름(4~6월)   김채리

보경, 성은, 나연, 지온, 승은, 민선, 소영, 임발, 현아, 미서,
정민, 수린, 나진, 서인, 미연, 다연, 지유, 찬솔, 은기, 유정,
은희, 설화, 아름, 금주, 연호, 준하, 수진, 혜향, 종우, 은성,
제용, 지연, 하경, 지수, 지원, 나윤, 봄, 주하, 성환, 예진, 현나,
민희, 혜원, 주호, 소은, 효빈, 중선, 세희, 미랑, 예지, 고은,
진솔, 준엽, 현호, 광섭, 경량, 문수, 주연, 규림, 강석, 도한,
유상, 영민, 하늬, 영주, 규원, 가현, 종혁, 호정, 유진, 시화,
진영, 기봉, 삼월, 창아, 태한, 비와, 무혁, 나래, 해린, 민영,
하람, 주은, 채은, 은지, 하은, 선영, 나예, 아현, 경민, 채윤

연인, 효은, 소망, 리나, 미라, 인정, 은결, 영화, 민호, 예원,
세정, 미소, 윤지, 유영, 예봄, 안나, 도경, 태영, 필교, 인혜,
요나, 아람, 효정, 연수, 미정, 단우, 선후, 선, 은겸, 민관, 지윤,
서원, 유지, 혜미, 찬은, 오윤, 정현, 가온, 나애, 소나, 효리,
은서, 유빈, 선혜, 재민, 해인, 규민, 하정, 소정, 시원, 민정,
여월, 하나, 세진, 주이, 가영, 소담, 혜림, 병주, 상희, 하림,
유미, 은별, 경숙, 영호, 병욱, 숙경, 지안, 명환, 진희, 남욱,
부선, 두리, 유안, 이제, 근우, 혜랑, 연주, 서홍, 박하, 해진,
희원, 한빛, 루다, 사랑, 혜승, 서연, 누리, 다희, 지나, 윤우, 장미

가을에서 겨울(10~12월)   김채리

승민, 윤서, 양순, 조이, 해원, 연희, 병준, 예영, 민형, 잔디,
소연, 준서, 지은, 하연, 다교, 기연, 현정, 혜지, 지영, 수아,
영란, 설의, 영관, 선경, 승세, 주영, 빛소, 성현, 다정, 자원,
서진, 예빈, 시은, 은주, 영렬, 세웅, 이현, 수영, 유경, 수안,
양열, 소희, 샛별, 혜연, 채현, 류경, 나슬, 영배, 아성, 해힘,
진미, 지언, 미래, 주희, 상은, 승효, 철광, 하율, 한글, 명규,
다현, 예람, 슬비, 세롬, 계연, 은휘, 송희, 미영, 하진, 솔, 진언,
희라, 은수, 하륜, 서현, 지성, 나리, 서린, 정원, 성화, 민주,
화진, 가연, 예림, 세원, 정아, 희환, 어진, 하윤, 노을, 명인, 원빈

1  월
일 월   요 일

수빈, 사람들은 춤을 추고 있었다. 혼자만 리듬을 타지 못했던 수빈은 누군가에게 시선을 빼앗겼다. 그의 손짓은 아직 떠나지 못한 겨울바람이 봄밤을 흩뜨려 놓듯이 서늘하고 단아했다.

1
일 월

화
요 일

지향, 덤불 속에 웅크려 있는 고양이는 지향을 쳐다보았다. 하얀색 몸체에 노란 띠지를 두른 것 같은 무늬의 고양이는 지향에게 물었다. 이제 어디론가 집을 옮겨야 하는데 너도 같이 가지 않을래.

1  **수**
일 월   요 일

승재, 카메라를 들고 나가던 승재의
주머니에서 무언가 만져졌다. 그건 작년
겨울에 갔던 실내 식물원의 입장표였다. 문득
승재는 그때의 사진을 인화하지 못했고, 또한
일부러 인화하지 않았던 것도 깨달았다.

1
일 월

목
요 일

4

요진, 눈의 연못이라 불리던 마을의 유일한 생존자인 요진은 담요를 어깨에 덮었다. 그녀는 말을 몰라서 우리가 알아듣지 못하는 음성만을 발화했다. 그녀는 눈처럼 아무런 향이 나지 않았는데 그건 그 마을의 향인 것 같기도 했다.

1
일 월  **금** 요 일

5

은정, 버스를 탄 은정은 문득 회사에 놔두고 온 삼색볼펜이 생각났다. 회사 비품은 잔뜩 챙겨오고서 정작 내 물건은 내버렸다는 자신의 부주의함에 짜증이 났다. 삼색볼펜은 예전의 희수처럼 자리에 멍하니 앉아서 무언가를 기다릴 것이었다.

1  **토**
일 월   요 일

현경, 현경은 카페에 들어서면서 작은 토분을 바라보았다. 어제 현경의 동생 몬스테라를 가져왔다. 몬스테라는 키우기 쉬운 식물이라 인기가 많다는 글을 예전에 보았다. 현경은 그 식물이 마음에 쓰였다. 너무 참고 있지는 아닌지 너무 애쓰지는 않는지.

1  **일**
일 월   요 일

상미, 상미는 엄마가 들고 온 장바구니를 정리하려 냉장고 문을 열었다. 하얀 봉지를 풀자 풀 내음이 한꺼번에 터져 나왔다. 엄마는 봄이 되면 반드시 나물을 먹어줘야 한다고 수납장에서 냄비를 꺼냈다.

1  **월**
일 월   요 일

수현, 아직은 바람이 춥다며 창문을 닫는 그의 동그란 뒤통수를 수현은 바라보았다. 예전에는 짧은 머리를 고수하던 그의 새로운 모습을 보고 싶었던 때도 있었다. 하지만 수현은 이제 그가 지금의 모습을 잃지 않기를 바란다.

1
일 월

화
요 일

9

재은, 언니를 가까운 카페에서 만나기로 했다. 대학교 졸업 이후로 만날 수 없었던 언니가 자신을 부른 이유가 궁금했다. 연두색 목도리를 두르던 재은은 학부시절에 언니가 줬던 장갑이 떠올랐다. 동아리 답사에서 언니는 추위에 손을 비비던 재은에게 손모아 장갑을 줬었다.

1
일 월

수
요 일

10

아영, 대화를 마치면 아영은 습관적으로 자신이 했던 말을 되짚어보았다. 말실수를 하지 않았는지, 자신의 말에 선입견은 없었는지, 그리고 상대방의 표정은 어땠는지. 대화를 거슬러 가다 보면 상대방의 행동 하나하나가 마음을 짓눌렀다.

1
일 월

목
요 일

상아, 가지가 수직으로 뻗어 있는 나무는 옆으로 뉘어 있는 모습을 하고 있었다. 기둥에 손을 가져다 대고 상아는 숨을 크게 쉬었다.

1
일 월

금
요 일

민서, 매서운 바람이 베란다 창문에 퉁퉁 소리를 내며 부딪혔다. 늦게 잠에서 깬 민서는 잠옷을 벗지 않고 블루투스 스피커로 팟캐스트를 틀었다. 그리고 선반에서 유자청을 꺼내 물을 끓였다.

1
일 월

토
요일

13

진, 새로운 해를 맞은 사람들의 얼굴에서 기대와 설렘이 느껴졌다. 인파 속에 섞인 진은 정신이 없었다. 겨우 약속 장소에 도착해서 따뜻한 아메리카노를 시켰고 그제야 바깥 풍경이 눈에 들어왔다.

1
일 월

일
요일

14

아리, 영화가 끝나자 아리는 대각선 자리에 앉아있던 남자를 유심히 보았다. 체크무늬 폴로셔츠를 입고 목에는 비즈 목걸이가 있었다. 괴수 영화를 보고서 눈물을 흘리다니 어이가 없었다. 뭐가 그렇게 슬픈 거지.

1  월

일 월   요 일

15

수지, 감독은 이 작품을 끝으로 은퇴를 할 예정이라고 대답했다. 영화는 피아노를 사랑하던 조율사에 관한 다큐멘터리였다. 수지는 이번 영화의 장면들이 더 오래 기억에 남을 것 같다고 생각했다.

1
일 월

화
요 일

16

승준, 승준은 차가운 공기가 볼에 닿을 때마다 숨을 들이마셨다. 가슴 가득 겨울을 담아 봄으로 나아가는 기분이었다

1
일 월

수
요 일

17

연우, 목소리를 가다듬고 화면을 옆으로 밀었다. 영어전화는 처음이었다. 선생님의 밝은 목소리에 연우는 문장을 겨우 만들어 인사를 건넸다. 연우가 긴장했다는 것을 알았는지 선생님은 천천히 해도 된다고 친절하게 말했다.

1
일 월

목
요 일

18

소현, 소현은 멀리서 오는 그 아이를 보자 웃음이 났다. 다음 계절에도 그 아이의 모습을 보고 싶다는 생각이 들었다. 봄과 여름 그리고 가을이 달려오고 있었다.

1  **금**
일 월   요 일

19

지환, 까마귀는 검은색 부리와 검은 눈을 지환쪽으로 돌렸다. 지환은 까마귀가 보는 자신의 모습을 상상했다. 그러자 올해도 잘 통과할 수 있을 거라는 자신감이 생겼다.

1  **토**
일 월 요 일

20

민지, 그의 인스타 계정을 검색했으나 결과는 나오지 않았다. 철자를 조금씩 바꿔가며 찾아보려 했으나 쉽지 않았다. 민지는 바닥에 드러누워 그에게 갈 수 있는 방법을 상상했다. 서핑보드를 타고 사무실을 가로질러 공항에 도착해 비행기를 타는 자신. 어이없는 상상이 끝나자 민지는 웃음이 났다.

1
일월

일
요일

21

한솔, 사진을 찍는 일이란 순간을 좇는 것이다. 금방 변화해버리는 것은 무의미하다. 한솔은 동의하지 않았다. 금방 변화하기에 우리는 남겨야 하고 그리고 기억해야 한다. 그래야 사랑할 수 있다.

1  월

일 월   요 일

다혜, 다혜는 가끔 잠이 오지 않으면 남해 몽돌해수욕장 ASMR을 검색했다. 파도가 빠지고 동그란 돌들이 재잘거리는 소리를 들으며 우울함을 굽어본다. 그러면 마음속 엉겨있는 피딱지들이 떨어져 나간다. 또르르 굴러가는 그것들을 다혜는 파도에 실려보낸다.

1  **화**
일 월   요 일

23

수민, 수민은 어렸을 때부터 도서관을 좋아했다. 성인의 키를 한참이나 넘는 나무 책장은 수민을 숨겨주는 아지트였다. 제일 구석에서 쪼그려 앉아 책의 제목들을 소리 없이 읽고는 했었다.

1
일 월

수
요 일

혜주, 방에서 책을 읽던 혜주는 출출함을 느껴
거실로 나갔다. 주방까지 가기가 귀찮아
소파에 그대로 드러누웠다. 이럴 때만 헤어진
그가 보고 싶다면 너무 이기적인 게 아닌지
속으로 생각했다.

1

일 월

목

요일

25

혜진, 벌써 1월의 마지막 주였다. 마감은 코앞인데 결말이 나지 않았다. 심지어 이제는 주인공의 사소한 행동도 이해가 되지 않았다. 내가 만든 인물인데 어떻게 이러지. 죄책감이 든 혜진은 마냥 앉아있을 수만 없었다. 바람을 쐬려 창문을 열었다.

1
일 월

금
요일

26

채린, 눈을 감은 채린은 그를 떠올린다. 먼저 윤곽을 세우고 세밀하게 생김새를 그려간다. 어쩐지 눈을 그리려고 하면 모든 형상을 놓치고 말았다.

1  **토**
일 월 요 일

27

윤선, 정시는 어려울 거라는 선생님의 말씀에 윤선은 눈물이 났다. 요즘에는 재수, 삼수가 별거 아니라지만 윤선에게는 모든 게 돈이었다. 하교길에 윤선은 자신의 인생만 유별난 것 같은 기분이 들었다.

1  **일**
일 월   요 일

28

미애, 현관에서 넘어져 거실 바닥에 얼굴을 붙인 채로 일어난 미애는 발을 꼼지락거렸다. 어제 술을 너무 많이 먹었는지 입 안에서 아직도 술맛이 나는 것 같았다. 일년을 술로 시작하지 않겠다고 다짐했는데... 미애는 입속말로 조용히 웅얼거렸다.

1  **월**
일 월 요 일

29

선아, 선아는 아들을 안아보았다. 많은 힘을 주지 않아도 아이의 발이 바닥에서 떨어졌다. 아이를 사랑하는 일은 딱 그만큼의 무게일 수도 있다. 하지만 딱 그만큼을 감당하는 일조차 벅찬 날도 있었다.

1
일 월

화
요 일

30

현우, 설산의 풍경은 어지럽고 희안했다.
현우는 몇 분이나 한 자리에만 있었다. 이 산은
언제부터 있었을까. 가늠할 수 없는 시간들에
오히려 가슴이 답답해졌다.

1  **수**
일 월 요일

31

여운, 야식을 고민하던 여운은 국수를 끓이기로 했다. 멸치와 다시다를 넣고 팔팔 끓이다 홍게장을 부었다. 여운이 할 수 있는 요리 중에 엄마가 제일 좋아했던 음식이었다.

2
이 월

목
요 일

현선, 1월은 전년도의 연장선이면 2월은 정말 올해의 첫달 같아. 현선은 같이 일하는 동료의 말에 달력을 쳐다보았다. 1월을 어떻게 보냈냐는 동료의 물음에 현선은 한해를 잘 견뎠다는 선물을 받은 것처럼 보냈다고 답했다.

2
이 월

금
요 일

은협, 은협은 아이에게 숙제를 했냐고 물었다. 아이는 천진하게 웃으며 고개를 끄덕였다. 다 푼 학습지에 별 다섯 개를 그려주었다. 아이는 수업이 끝나자마자 학습지를 들고 아빠에게 달려갔다. 별 다섯 개를 받았다고 종종거리는 목소리에 아빠는 눈웃음으로 화답했다. 그러자 아이는 진짜 상을 받은 듯 얼굴이 빨개졌다.

2  **토**
이 월 　　　　　　　　　　　요 일

3

승두, 승두는 가게 안 사람들의 목소리가 거슬려 밖으로 나왔다. 전날 잠을 자지 못해서인지 몸이 예민해져 있었다. 이런 날에는 무조건 걸어야 한다. 승두는 그대로 나와 이어폰을 끼고 조금 빠르게 걸었다. 차가운 바람이 목덜미를 감싸자 어깨를 움츠렸다.

2
이 월

일
요 일

4

다은, 창고에서 제품 번호를 살피던 다은은 고객이 요구한 신발을 찾지 못해 동동거리고 있었다. 주말이라 손님이 많아서 여기저기 사이즈를 봐달라는 문의에 정신이 없었다. 모두 새 신발을 신고 어디로 도망가려는 것 같다며 다은의 등 뒤에서 누군가 작은 비명을 질렀다.

2월
이 월      요 일

지민, 인턴 중 유일하게 나이가 많았던 지민은 눈치가 보였다. 정직원들은 왜 취업이 늦어졌는지 물었고 지민은 그때마다 거짓말을 꾸며내야 했다. 교환학생으로 시작해서 편입까지 이어진 내용은 가지각색이었다. 완전한 거짓말은 아니었다. 지민이 갈 수 있었을지도 모르는 미래였으니까.

2
이 월

화
요 일

6

보미, 연초의 떠들석함을 벗은 동네는
고요했다. 집에 가지 못한 사람들의 그림자가
거리에 남아있었다. 그들은 다가오는 날들을
어색하게 마주하기로 했는지 한참을 서있기만
했다. 보미는 휘파람을 불어 그들을 불렀고
자신의 집에 초대했다. 검은 얼굴을 한 그들은
웃지도 슬퍼하지도 않았다.

2
이 월

수
요 일

영경, 영경은 이 동네가 마음에 들었다.
집주인은 다니는 학교와는 거리가 있지 않냐고
다시 물었고 직통으로 가는 버스가 있으니
괜찮다고 대답했다. 영경은 몇 년 전에 이 곳에
온 적이 있었다. 마을을 가로지르는 천이 있고
주변으로 가로수가 잘 조성되어 출사를 많이
하는 곳이라고 그에게 들었다.

2  목
이 월 요 일

가홍, 현관을 나서자 가홍은 자전거 안장에
몸을 실었다. 가방에는 몇 권의 책이 있었는데,
그중 한 권은 다 읽지 못하고 도서관에
반납해야 했다. 하지만 봄기운이 서린 옅은
바람에 죄책감이 금세 사라졌다.

2
이 월

금
요 일

9

은혜, 미싱을 돌리던 은혜는 잠시 페달을 멈췄다. 이번에 찾아온 손님은 깔끔한 성격이라 실수를 하면 곤란했다. 약기운 때문인지 금방 바닥난 체력에 병원을 다녀오라는 남편의 말을 듣지 않은 것이 후회되었다. 시계를 보던 은혜는 얼른 일어나 라디오를 켰다. 등산을 다니는 남편의 휴대용 라디오였다.

2
이 월

토
요 일

10

송이, 송이는 이모가 고향으로 떠나고 얼마가
지났는지 가늠해보았다. 이 약국에서 이모는
30년을 일했다. 점심시간이면 두통약을
사러오는 직장인과 오후가 되면 몸 여기저기가
쑤시다는 할머니와 할아버지들 그리고
저녁에는 소화제를 찾는 사람들이 일정한
패턴처럼 방문하는 곳이었다.

2
이 월

일
요 일

11

시율, 조퇴 결재서를 올리던 시율을 부장이 붙잡았다. 손이 부족하다는 말에 시율은 고개를 끄덕였다. 약국에 잠깐 다녀오겠다며 자리를 비우고 편의점에 들어가 초콜렛을 샀다. 행사 준비때문에 골병이 났다고 왜 말하지 못했을까. 자책하다 알바생이 하는 말에 정신이 들었다. 원플러스 원이요.

2 월

이 월  요 일

12

효원, 효원은 손님을 보내고 다시 재고표를 들었다. 플라스틱 상자에 담긴 제품들을 일일이 뒤져 개수가 맞는지 확인하고 진열했다. 마지막 상자에 있던 제품들을 확인하던 효원에게 문자가 왔다. 엄마의 통장으로 빠져나가는 휴대폰 요금제가 납부되지 않았다는 내용이었다.

2
이 월

화
요 일

13

은소, 은소는 저녁을 때우러 편의점에 갔다.
생활복에서 나는 땀냄새가 킁킁거리다가
알바생의 시선이 느껴져 라면을 고르는데 다시
집중했다. 은소는 평소처럼 치즈맛 라면을
골라 계산대에 섰다. 이 라면은 소시지랑
먹으면 맛있어. 평소에 아는 체도 하지 않던
사람이었다. 뭐야 생각보다 예쁜 언니잖아.

2
이 월  **수**
요 일

14

현희, 현희는 아이들의 숙제를 채점하다가
머리를 짚었다. 기본 개념은 맞아야 하지 않나.
휴학을 하고 학원 강사를 하는 현희에게
아이들은 욕심만 많고 부지런하지 않아
보였다. 적어도 책상에 앉은 시간만이라도
공부하자 얘들아. 우렁차게 대답하는 아이들을
보며 그래도 착해서 다행이라고 생각했다.

2  **목**
이 월 요 일

15

혜란, '봄 춘'자가 들어간 이 마을에 정착한
것은 언니 때문이었다. 언니는 지금도
손님들에게 말한다. 결혼도 어머니 말을
따랐으면 적어도 이혼은 하지 않았을 거라고.
혜란은 그런 언니의 말을 들으면 심술이 났다.
하지만 점심마다 혜란이 좋아하는 반찬으로
도시락을 싸오는 언니를 미워할 수가 없었다.

2
이 월

금
요 일

16

서윤, 서윤은 친구의 말을 듣고 동네 미용실로 향했다. 벌써 반에서 다섯 명의 아이들이 그 곳에서 머리를 잘랐다. 서윤은 전날까지도 인터넷에 '여자 단발'을 수차례 검색했다. 아주머니 두분이 구석에 마련된 테이블에서 밥을 먹고 있었다. 문은 활짝 열려있었고 손님은 없어 보였다.

2
이 월

토
요 일

17

봄비, 봄비는 운동장을 뛰다가 자전거가 보여 급하게 멈추었다. 주말마다 자전거를 탄 남자가 똑같은 시간에 교문을 지나갔다. 봄비는 학교가 오르막길에 있었다면 좋겠다고 생각했다. 그러면 오르막을 오르느라 힘차게 페달을 밟는 그의 옆모습을 가까이서 볼 수도 있지 않을까.

2
이 월

일
요 일

18

동환, 동환은 독서실에서 나와 버스를
기다렸다. 결혼을 한다는 친구와 저녁 약속이
있던 날이었다. 참석까지는 못하겠다고 했지만
저녁이라도 같이 먹자는 부탁이 있었다.
올해는 붙을 수 있을지 동환도 기대하기가
어려웠다. 이젠 누구의 말도 믿기 어려웠고, 나
자신의 말은 더욱 그랬다. 다시 노트를 펼쳤다.

2  월

이 월   요 일

19

율, 동환을 불러낸 율은 내심 미안한 마음이 들었다. 결혼식에 오지 못할 거라고 단언하는 친구의 모습이 서운해서 부린 투정이었다. 시기만 다를 뿐이지 비슷한 경로를 밟아왔다고 생각한 친구라 더 마음이 갔다. 오늘은 맛있는 걸 먹여야겠다. 동환은 또 미안한 표정으로 식당에 나타날 것이었다.

2
이 월

화
요 일

20

현지, 붐비는 시간에 맞춰 그릇에 반찬을 담았다. 힘들다고 도망가는 사람들은 인생 살기 글러 먹은 게 아니냐는 사장의 분통에 현지는 대답하지 않았다. 현지는 선하를 그리워했다. 그는 집안에 사정이 생겼다며 갑자기 나오지 않았다. 사장은 그 말을 믿지 않았고, 현지는 믿었다. 지금도 믿고 있었다.

2  **수**
이 월 　　　　　　　　　　요 일

21

승봉, 오늘까지 회식에 참여하면 몸상태가
남아나지 않을 거라는 예감이 들었다. 선배에게
욕을 좀 먹고 집으로 돌아갔다. 승봉은
노트북을 펴고 아직 완성하지 못한 시를 다시
살펴보았다. 나열된 파일들을 보자 끝이 없는
일을 저지른 기분이 들었다. 그게 제대로 가고
있는 거야. 동생의 말을 떠올렸다.

2
이 월

목
요 일

22

윤진, 승봉은 결국 오지 않았다. 식당 앞에서 되돌아간 모양이었다. 윤진은 어쩔 수 없이 회식을 일찍 끝내는 방향으로 이끌었다. 담배를 태우러 바깥에 나가자 시원한 바람이 느껴졌다. 이 동네만 오면 아들이 보고 싶었다. 전남편의 번호가 띄워진 창을 여닫기를 반복했다.

2  **금**
이 월 요 일

23

승우, 왁자지껄한 소리에 승우는 베란다로
나와 창문을 내다봤다. 회식을 마친
직장인들이 식당을 나오고 있었다. 뿔뿔이
흩어지는 사람들을 보다가 승우는 발밑 아래
식물들에 눈이 갔다. 햇빛만 잘 쬐면 되는건가.
승우는 식물이 추위에 얼지 않을까 얼른
창문을 닫았다.

2
이 월  **토**
요 일

24

푸름, 푸름은 며칠 전에 엘리베이터에서 본
남자를 기억하고 있었다. 지친듯한 표정과
화분에 있는 식물의 완연한 초록색이 이상하게
어울렸다. 어디서 샀냐고 묻는 푸름의 물음에
남자는 상가 입구에 파는 곳이 있다고
어물쩍거리며 대답했다. 푸름은 오늘
교대근무가 끝나고 거길 가볼 생각이었다.

2
이 월  **일**
요 일

25

인선, 병원의 고요한 분위기에 적응이 되지 않아 발을 구르자 동기가 인선의 등을 살짝 쳤다. 어제 받은 엄마의 전화를 요약하자면 할아버지가 그 병원에 입원했으니 찾아뵈라는 것이었다. 인선은 다섯 살 이후 만난 적 없는 할아버지를 어떻게 뵈어야 할 지 걱정했다.

2  **월**
이 월   요 일

26

현진, 현진은 요즘 요리를 해먹는 일에 재미를
붙이고 있었다. 근처 시장에서 도미를 샀다.
도미솥밥, 이름만 들어도 있어 보이는
요리였다. 현진은 재료를 다듬고 반찬을
그릇에 담는 일이 좋았다. 요리를 하면
병원에서 있었던 일들, 누군가에게 들었던
칼날같은 말들을 마음에서 덜어낼 수 있었다.

2
이 월

화
요 일

27

예나, 예나는 시장에서 겉껍질이 벗겨진 땅콩을 한묶음 사왔다. 그리고 에어프라이어에 볶았다. 이제는 영화가 시작하니 빨리 오라며 칭얼거리는 사람이 소파에 없었다. 예나는 얼른 그 생각을 떨치려 소파에 대자로 누워버렸다.

2  **수**
이 월 　　　　　　　　　　　　요 일

28

선하, 선하는 현지에게 하고 싶은 말이
많았다. 사장이 결국 한 달이 지나고 나서야
월급을 주었단 말과, 여유가 되면 아버지가
드디어 집을 떠났다는 말도 하고 싶었다.
버스에서 이 동네를 지나칠 때면 하차벨에
손이 갔다고 투정을 부리고도 싶었다.
이번에도 선하는 현지에게 연락하지 못했다.

2
이 월

목
요 일

29

여니, 꽃집도 아닌데다 키가 크고 삐적 마른 나무들을 팔아서 뭐하냐는 말을 듣기도 했다. 여니는 이제 이런 반응에 일일이 설명하지 않기로 했다. 오늘은 분홍색 카디건을 입은 할머니 한 분이 느닷없이 식물들의 이름을 하나씩 물었다. 그리고 쉐프렐라를 사 가셨다. 홍콩야자라는 별명이 마음에 든다는 이유였다.

3
삼 월

금
요 일

재현, 집에 도착하니 커다란 식물이 베란다에 있었다. 재현은 식물을 들이면 벌레가 꼬이고 돌봐주는 것도 만만치않다고 툴툴거렸다. 할머니는 그건 내 몫이니 신경쓰지 말라고 단호하게 대답했다. 둘이 산지 1년이 넘었지만 아직도 말다툼이 잦았다. 재현은 방으로 들어가 몇 시간을 나오지 않았다.

3
삼 월

토
요 일

지혜, 재현의 꽁한 목소리에 지혜는 또 할머니와 싸운 거냐고 물었다. 지혜는 통화를 하면서 파스타 면이 제대로 삶아지는지 냄비를 확인했다. 오늘은 기필코 크림 파스타를 해 먹으리라고 결심했다. 요새 스트레스를 받았는지 치즈나 버터 같은 느끼한 것들이 당겼다.

3 월
삼 월　　　　　　　　　　　　　요 일

3

동희, 동기들과 축구를 끝낸 동희는 배달비를 아끼려고 동네 근처에 있는 치킨집에서 치킨을 샀다. 미리 확인해둔 해외축구 재방송 시간까지는 여유가 있었다. 땀에 절은 유니폼으로 바람을 맞자 시원한 감각에 기분이 좋아졌다. 일단 움직여야 한다. 동희는 혼잣말을 하며 계단을 뛰어올랐다.

3월
삼 월

요 일

4

다인, 다인은 아침 강습을 등록했다. 하얀색 수모와 보라색 수영복도 구매했다. 본격적으로 수영을 배울거냐는 친구의 질문에는 그저 어깨만 들썩였다. 다인이 배우고 싶은 것은 아무런 보조 없이 물에 뜨는 방법이었다. 이번에는 가라앉고 물을 먹어도 괜찮다는 믿음을 가지기로 했다.

3
삼 월

화
요 일

5

아연, 소파에 누워있던 아연은 침대로 향했다. 오늘도 아연은 부정적인 감정에 점철된 자신의 하루가 형편없게 느껴져 오후 내내 침울했다. 언니의 일기에는 집에 온 순간부터는 너의 시간이니 마음껏 우울해해도 괜찮다고 쓰여있었다. 아연은 언니가 썼던 글을 모아둔게 다행이라고 생각했다.

3  **수**
삼 월　　　　　　　　　　　요 일

하빈, 더벅한 머리만 매만졌는지 남자는
대기실에서 금방 나왔다. 하빈은 카메라와
조명의 위치를 조정하고 자세를 고쳐주었다.
그는 자신에게 취업사진 밖에 없다 말했다.
하빈은 형식적인 대답만 했다. 다른 사람처럼
남자의 얼굴이 렌즈에 담겼다. 몇 주 뒤에
사진을 찾으러 온 사람은 그의 가족이었다.

3
삼 월

목
요 일

민아, 민아는 기지개를 켜며 자리에서 일어났다. 물을 마시러 부엌으로 나가던 중 휴대폰에서 알림이 울렸다. 오래 전에 같이 일했던 도윤의 전화였다. 민아는 그의 전화를 받을지 말지 고민하며 테이블 의자에 앉았다. 여러 번의 벨소리와 한 번의 진동음이 울리고 도윤의 목소리가 들렸다.

3
삼 월

금
요 일

8

채영, 밴드부에 누가 가입할지가 두 사람의 화두였다. 음색이 좋아야 하는지 음악적인 센스가 필요한지 한참을 토론하다가 그 애를 우리가 좋아해야 한다는 결론을 냈다. 우리 밴드부니까. 채영은 그 말을 뱉으면서 묘한 충만함을 느꼈다. 누구도 채영을 함부로 할 수 없을 거라는 확신에 가까운 감정이었다.

3  **토**
삼 월 요 일

9

승연, 블러의 노래를 듣던 승연은 채영의 전화에 헤드셋을 벗었다. 채영은 기타를 치기만하면 다른 사람이 되었다. 서슴없이 얼굴을 일그러트리며 평소에는 짓지 못할 표정을 지었다. 그래서 승연은 마음놓고 노래를 부를 수 있었다. 채영이 신이 나면 승연은 자신의 노래를 확신할 수 있었다.

3 월
삼 월  요 일

10

찬아, 이모가 가니 집안은 조용했다. 이모는 엄마의 상태가 좋지 않다고 했다. 요즘 엄마는 찬아를 알아보지 못했다. 현관문에서 이모는 찬아의 손을 꼭 잡았다. 가끔씩 엄마가 알 수 없는 소리로 잠꼬대를 했지만 괜찮았다. 전공책을 꺼내 읽었다. 가끔은 학교에 있는 자신이 더욱 나다운 것 같아 엄마한테 미안했다.

3  **월**
삼 월 요 일

11

세환, 세환은 점심시간마다 나와 공원을 산책했다. 같은 팀 동료가 해준 조언이었다. 산책로를 걸으면서 최대한 깊게 숨을 들이마셨다. 그러면 답답한 마음이 투명해지는 기분이었다. 그 안에 비치는 외로움이 세환을 건드려도 걸음을 멈추지 않았다.

3 화
삼 월 요 일

12

유림, 어렸을 때부터 유림은 고모와 같이 살았다. 고모는 감정기복이 심한 사람이었다. 고모의 변덕을 곧이곧대로 받아들이기 힘들었던 유림은 고모가 좋아하는 행동과 싫어하는 행동을 탐색했다. 유림은 그걸 매뉴얼이라 불렀다.

3 삼 월  **수** 요 일

13

은진, 은행에는 사람이 가득 차 있었다. 파킹통장을 만들러 온 은진은 번호표를 뽑고 순서를 기다렸다. 엄마의 종아리를 안고 있던 아이가 은진을 쳐다보았다. 그리고 은진의 가방에 다가가더니 손을 뻗었다. 털실로 만들어진 동그란 공모양의 키링이었다. 놀란 아이의 엄마는 일어나 아이를 데려갔다.

3
삼 월

목
요 일

14

수인, 수인은 가방으로 다가가는 아이를 보고 의자에서 일어났다. 아이는 이미 여자의 가방에 달린 키링을 만지작거리고 있었다. 여자는 괜찮다고 웃으며 키링을 아이에게 주었다. 수인은 손수건을 아이의 목에 감싸며 다정하게 말했다. 좋은 분이다 그치? 아이는 그 말의 의미를 이해한건지 고개를 끄덕였다.

3  **금**
삼 월 요 일

15

지현, 오늘은 기필코 요가를 가리라 생각하고 버스에 올라탔다. 버스에는 사람만큼 캐리어도 많았다. 자주색 캐리어에 무릎을 부딪히자 자세를 바꾸고 창가쪽으로 몸을 기울였다. 사바 아사나, 몸을 이완시키는 자세예요. 송장 자세를 할 때면 지현은 정말로 숨쉬는 시체가 되는 것 같았다. 조용히 숨을 마셨다 내쉬었다.

3 삼 월  **토** 요 일

16

채완, 채완은 버스에서 내려 호스텔 주소를 지도앱에 붙여넣었다. 10분 정도를 걸어야 했다. 본격적으로 일을 시작할 때라는 말을 무시하고 제주행 비행기 표를 끊었다. 호스텔은 오래된 모텔을 개조한 건물이었다. 검은색 대문을 열고 들어갔다. 인센스 향에 마음이 진정되었다.

3  월
삼 월　　　　　　　　　　　　　요 일

17

소원, 소원은 러닝머신 옆에 있는 거울로 벤치프레스 자리가 비었는지 확인했다. 아직 PT를 시작한 지 얼마 되지 않았지만, 소원이 가장 좋아하는 운동이었다. 어깨에 타들어가는 근육통이 느껴지면 희열을 느꼈다. 나에게 취한다는 말을 제일 싫어하던 소원에게도 나쁘지만은 않은 기분이었다.

3 월
삼 월 　요 일

18

가빈, 카키색의 얇은 실을 엮던 가빈이
한쪽으로 모아둔 비즈알을 한알씩 실에
끼웠다. 조용하지만 역동적인 과정이었다.
가빈은 자신의 자세를 작업에 맞게끔 미세하게
조정했다. 그러면 자신이 이 작업에 맞는
사람이 되어가는 것 같았다. 그리고 그건
결과와 상관없이 가빈에게 자신감을 주었다.

3 삼 월  **화** 요 일

19

은보, 은보는 말이 통하지 않는 상대 때문에
전전긍긍하고 있었다. 옆에 있던 사수가 보다
못해 민원인의 말을 끊었다. 민원인이 가자
사수는 은보에게 이런 것도 훈련이 필요하다고
말했다. 어디 옥상이라도 가서 소리라도
지르고 좀 그래. 은보는 그의 충고가 이상하게
와닿았다.

3
삼 월

수
요 일

20

희재, 학교를 관둘 거라는 동생의 말에 희재는 그러라는 말밖에 할 수 없었다. 동생은 요리를 배우고 싶다고 했다. 자신도 전공이 맞지 않아 겨우 졸업을 했다. 무언가를 충고하기에는 자신이 아는 것이 없다고 희재는 생각했다. 힘들면 말해. 괜찮을거야. 그게 희재가 할 수 있는 말의 전부였다.

3  **목**
삼 월 요 일

21

윤아, 윤아는 새로 산 기계식 키보드에 어쩔 줄 몰랐다. 타건음이 상당하다는 동거인의 불평은 어쩔 수 없었지만 뭉툭한 느낌이 너무 좋았다. 아직 진척이 나지 않은 웹소설도 곧 마무리할 수 있을 것 같았다. 책상에 앉은 윤아는 노트북과 키보드를 연결하고 자신이 쓰고 싶은 문장을 마음껏 썼다.

3 삼 월  **금** 요 일

22

이슬, 카페에 가려던 이슬은 집에 있는 고양이가 눈에 밟혀 한참을 쪼그려 앉아 있었다. 가만히 있지 못하는 고양이가 어떤 날에는 이슬을 빤히 쳐다보고만 있었다. 그럴 때면 이슬은 소원을 빌듯이 중얼거렸다. 아프지 마라. 밥도 잘 먹고 변도 잘 봤으면 좋겠다.

3  **토**
삼 월 요 일

23

화정, 화정은 소란스러운 호프집에서 나와
전화를 받았다. 인터뷰를 했던 작가의
전화였다. 방해한 것은 아닌지 걱정하는
작가의 목소리에 되려 화정이 미안해졌다.
동료와 협업한 자신의 전시회에 놀러오라는
말을 건넸다.

3  **월**
삼 월 요 일

24

소민, 소민은 할라피뇨를 찾느라 헤매고 있었다. 엄마가 요리를 다시 시작해서였다. 아빠나 내가 먹고 싶은 음식이 아니라 당신이 먹고 싶은 것을 인터넷에 검색해 저녁마다 해먹었다. 엄마는 알리오올리오에 할라피뇨가 필수라고 몇 번을 강조했다. 가격이 제법 비쌌지만 카트에 넣었다.

3  월
삼 월 요 일

25

진아, 도서관 좌석표를 끊고 짐을 자리에 두었다. 밖으로 나온 진아는 올해도 여기에 있는 자신이 처량해 보였다. 언제까지 이것만 준비할 수는 없었지만 쉽게 포기할 수 없었다. 도서관에 있는 사람들이 어딘가 사회에서 빗겨나간 것처럼 보였다. 그렇게 생각하니 오히려 진아는 덜 외로웠다.

3
삼 월

화
요 일

26

상준, 이부자리를 편 상준이 달력을 보았다. 말일이면 공과금을 내야하고 휴대폰 요금도 빠져나갈 것이었다. 아르바이트를 추가해도 허덕이는 기분이었다. 천정과 가까워진 기분에 몸을 뒤척였다. 집안이 점점 작아지고 자신은 커지는 기분, 눈을 감자 파도가 없는 바다 한가운데에 누워있는 자신이 보였다.

3
삼 월

수
요 일

27

재연, 동물은 좋고 사람은 싫어요. 재연은 때때로 폿이 자신을 기른다고 생각했다. 작은 체구에도 큰 강아지들 사이를 요리조리 지나가는 폿이 그가 가장 애정을 쏟고 있는 생명이었다. 폿은 다른 강아지들과 사이가 좋네요. 이사를 온 지 얼마 되지 않았다는 수연이 말했다.

3
삼 월

목
요 일

28

수연, 오늘도 야근을 하게 된 수연은 가까이 사는 친구에게 알루의 산책을 부탁했다. 지애는 수연의 동네에 자취를 하게 되면서 집에 자주 놀러 왔다. 지애는 강아지를 좋아했다. 금방 답장을 보낸 지애는 어딘가 신나 보였다. 수연은 산책하는 두 사람의 모습을 직접 보고 싶어졌다.

3
삼 월

금
요일

29

지애, 지애는 수연을 붙잡고 알루와의 산책을 이야기했다. 예전에는 내가 보기 싫어서 앞만 보고 걷는 것 같았는데, 지금은 내가 걸음이 느려지면 뒤도 보고 살펴주기도 한다니까. 편한 옷으로 갈아입은 수연은 지애의 말에 고개를 끄덕이며 알루와 눈을 맞췄다.

3  **토**
삼 월   요 일

30

희수, 브레이크 타임이 되어서야 희수는 냉장고를 열었다. 김치볶음밥을 만들 생각이었다. 주방에는 기름 냄새가 진동했다. 식당을 시작한 초반에는 이것도 나름의 즐거움이었지만, 체력이 떨어졌는지 요새는 다르게 느껴졌다. 금진이 놓고 간 초콜릿이 보였다. 태국에서 사온 선물이라고 했다.

3  **월**
삼 월　　　　　　　　　　　요 일

31

금진, 금진은 주민센터 앞에 있는
돈가스집에서 점심을 해결했다. 개업한 첫날,
금진이 식당의 첫 손님이라고 웃던 희수는
공무원을 준비하다가 식당을 차리게 되었다고
했다. 타인에게 쉽게 마음을 터놓는 듯한
희수를 처음에는 경계했지만, 그 말이 이제는
다르게 기억되었다.

4  **월**
사 월 요 일

보경, 사물함 속 낯선 물체에 깜짝 놀란
보경은 소리를 지를 뻔했다. 주변이 어두워
제대로 알아채지 못했지만, 다시 보니
앙증맞은 선물이었다. 누가 이런 깜찍한
장난을 친 거지? 두리번거리는 보경의 고개에
웃음이 걸려있었다.

4
사 월

화
요 일

2

성은, 성은은 지끈거리는 머리를 마구잡이로 흘뜨렸다. 연락 두절인 고객사 담당 직원 때문에 골치가 아픈 것이 하루 이틀은 아니었지만, 일에 진척이 없는 것을 누구보다 괴로워하는 성은이었다. 이제 진짜 마지막이다. 전화기를 부여잡는 손끝에 비장함이 서려 있었다.

4  **수**
사 월   요 일

나연, 나연은 춤을 추는 거리의 사람들을 보며
다른 세계에 온 듯했다. 덧입거나 덜입지
않아도 선선한 공기, 물살을 가로지르는
유람선의 기분좋은 출렁거림, 강변을 따라
조성된 산책길 언덕에서 춤을 추는 연인들.
여행지를 떠나고 싶지 않다는 마음이 강물에
비친 물비늘처럼 일렁거렸다.

4
사 월

목
요 일

지온, 지온은 남다른 수집광이었다. 그녀의 책상만 보아도 취향을 알 수 있었다. 그중에서도 좋아하는 캐릭터 상품은 수집함이 따로 있을 정도였다. 자신의 컬렉션을 보며 뿌듯해하는 모습이 보는 사람으로 하여금 절로 고개를 끄덕이게 했다.

4  **금**
사 월 요 일

5

승은, 프랑스 자수에 도전한 지 딱 일주일이 되는 날이었다. 승은은 안내 책자에 들어갈 기세로 공부했지만, 쉬이 실력이 늘지 않았다. 동네에 새로 오픈한 소품샵 앞을 기웃거리다 원데이 클래스를 한다는 말에 냉큼 수강 신청을 해버렸다.

4
사 월

토
요 일

6

민선, 민선은 새로 오픈한 가게를 자신의 아지트로 만드는 재주가 있었다. 워낙 친화력이 좋기도 하고 산책을 즐기다 보니 생긴 습관이었다. 며칠 전부터는 구수한 향이 뿜어져 나오는 빵집 사장님과 안면을 텄다. 달콤한 디저트가 민선의 허기진 오전 시간을 즐겁게 해주었다.

4  **일**
사 월   요 일

7

소영, 소영은 떠돌이 고양이와 일상을 공유하게 되었다. 다친 어미를 도와주다 시작된 인연이 끼니를 챙겨주면서 계속 이어졌다. 아빠는 치즈였던 걸까? 사료를 와구와구 씹는 새끼 고양이의 노란 목덜미가 사랑스러웠다.

4  **월**
사 월   요 일

임발, 임발은 연휴에도 출근하는 자신이 기특했다. 학교 다닐 때 이렇게 공부를 했다면 인서울은 거뜬하게 했을 텐데. 일에 재미를 붙이니 이상하게 하루하루 출근하는 일이 즐거웠다. 유령 도시를 연상케 하는 휴일의 빌딩 숲이 그에게 낭만적으로 다가왔다.

4
사 월

화
요 일

현아, 오늘은 좋아하는 가수의 첫 번째 콘서트였다. 아직 히트 곡은 없지만 팬들 사이에서 소소하게 유행하는 그의 장르가 현아의 플레이리스트를 꽉 채우고 있었다. 점점 채워지는 공연장 내부가 관객들의 열기로 달아오르고 있었다.

4 사 월  **수** 요 일

10

미서, 미서는 최근 방문이 뜸해진 카페
단골손님이 신경 쓰였다. 의식하지 않는 틈에
마음을 뒤흔든 낯선 타인의 안부가
궁금해졌다. 무심한 자신의 성격을 나무라던
전 애인의 얼굴이 문득 떠올랐다.

4
사 월

목
요 일

정민, 정민은 친구들이 혀를 내두르는 커피
마니아였다. 커피 얘기만 나왔다 하면
품종부터 농장의 기후까지 줄줄 늘어놓았다.
인방의 커피숍 사장님과 허물없이 지내는
정민에게는 어쩌면 당연한 일이었다.

4 사 월  **금** 요일

수린, 그녀의 어머니는 탁월한 리더십을 가지고 있었다. 아버지도 어머니 앞에서는 옴짝달싹 하지 못했다. 주간 회의 결과에 따라 이번 주 분리수거 당번은 수린이었다. 비장한 표정으로 임무를 마친 그녀는 개수대에서 손을 씻었다. 등껍질에 얼룩무늬가 있는 작은 달팽이를 발견한 것은 우연이었다.

4 사 월  **토** 요일

13

나진, 나진은 침대에 누워 일정한 무늬와 간격으로 꾸며진 천장 벽지를 보았다. 자세히 들여다보니 파도의 형상을 닮아 있었다. 지난 여름 여행지의 해변에서 보았던 파랑이 저랬던가? 작은 무늬가 일으킨 파동이 나진의 상상력을 자극했다.

4
사 월

일
요 일

14

서인, 오랜만에 손톱을 다듬었다. 기분
전환으로 바른 매니큐어 때문에 모르는 새
손톱이 많이 자라 있었다. 오래됐지만 제 몫을
든든히 해내는 손톱깎이가 자라난 서인의
시간을 정리해 주었다.

4  **월**
사 월   요 일

15

미연, 얼굴에서 가장 자신 있는 곳을 꼽으라면 눈썹이었다. 작은 솔로 빗기만 해도 가지런하게 자리가 잡히는 자신의 눈썹이 좋았다. 출근 전 현관 앞에 걸린 거울을 보며 눈썹을 한 번 찡긋해주는 것이 미연의 소소한 아침 일과였다.

4 사 월  **화** 요 일

16

다연, 얼마 남지 않는 마감 기한을 맞추려면 지금쯤 결말을 향해 달려야 했다. 다연은 좀처럼 진도가 나가지 않는 소설 작품 때문에 스트레스가 이만저만이 아니었다. 결심한 듯 자리에서 일어선 그녀는 노트북을 덮었다. 책상 옆 철제 서랍에서 공책과 연필을 꺼내 들었다.

4  **수**
사 월　　　　　　　　　　　요 일

17

지유, 그날은 연거푸 커피를 들이키는데도 잠이 달아나지 않았다. 유독 힘든 아침이었다. 주위에서 이번 프로젝트에 거는 기대가 상당한 탓에 부담이 컸다. 긴장을 늦추려 내쉰 지유의 깊은 숨이 책상 앞의 공기를 가라앉혔다.

4
사 월

목
요 일

18

찬솔, 찬솔은 새롭게 결성된 모임원 중 가장 화려한 패션 감각을 가지고 있었다. 유행을 쫓는 일에는 누구보다 빠르지만 남들과 비슷한 옷차림은 거부하는 확고한 취향 때문이었다. 오늘도 회의실 문을 여는 찬솔에게 사람들의 시선이 일제히 집중되었다.

4 사 월  **금** 요일

19

은기, 며칠 전부터 말썽을 일으키기 시작한 은기의 어깨가 결국 병원으로 그를 이끌었다. 자세가 좋지 않다는 말은 자주 들었지만, 병원비로 큰돈을 지출하고 나서야 그 때의 잔소리가 뼈아픈 충고였다는 것을 깨달았다. 체형 교정을 검색하는 은기의 뒷모습이 오늘따라 더 안쓰럽게 느껴졌다.

4  **토**
사 월   요 일

20

유정, 유정은 좀처럼 잦아들지 않는 바깥의 소음에 속이 뒤집어졌다. 숙소 리뷰에 방음이 잘 안 된다는 코멘트를 간과했던 자신의 잘못된 판단 때문이었다. 휴- 유정은 크게 내쉰 한숨이 꺼지기 전에 무선 스피커의 전원을 켰다.

4  **일**
사 월   요 일

21

은희, 은희는 더위를 많이 탔다. 그것도 상당히. 이정도면 딱 좋은 날씨에 춥다고 호들갑을 떨거나, 더워 죽겠는데 눈 하나 깜짝 않는 사람들을 이해할 수 없었다. 봄부터 느껴지는 열기에 다가올 여름이 벌써 두려웠다.

4  **월**
사 월 요 일

22

설화, 설화는 틀림없는 왼손잡이였다. 불같은 어머니의 성화에 어쩔 수 없이 오른손잡이의 삶을 산 것 뿐이었다. 덕분에 양손을 자유자재로 사용하는 능력을 얻었지만, 그간 들었던 잔소리와 비교했을 때 값진 결과는 아니었다.

4
사 월

화
요 일

23

아름, 오랜만에 방문한 학교는 예상했던 모습과 달랐다. 그 시절의 추억은 온데간데없이 첨단 시설이 들어선 건물의 외관은 낯설어 보이기만 했다. 아름은 얼떨떨한 기분으로 정문을 통과했다.

4 　　 **수**
사 월　　　　　　　　　　요 일

24

금주, 금주는 극단의 조치를 취하기로
결정했다. 거북목 진단을 받은 검진결과에
그간의 두통을 납득했다. 디지털 다이어트,
아니 디지털 간헐적 단식에 돌입하는
순간이었다.

4
사 월

목
요 일

25

연호, 올해도 그는 친구와 배를 타고 섬으로 떠났다. 연호는 배를 좋아했다. 먹는 배도, 배꼽이 달린 배도 아닌 물살을 가르는 배가 좋았다. 인위적인 소리에 길들여져 있던 귀가 푸른 물결이 내는 소리에 곧장 긴장을 내려놓았다.

4 사 월  **금** 요 일

26

준하, 준하는 출근이 미웠다. 이렇게 좋은 날씨에 회사에 가야 한다니, 퇴근까지 또 어떻게 기다려! 놀고 싶은 이유가 100가지도 넘게 떠올랐다.

4
사 월

토
요 일

27

수진, 일희일비하지 마라. 마지막 면담에서 교수님이 하신 말씀이었다. 수진은 침대에 누워 눈을 감았다. 담담한 목소리는 그녀가 졸업 작품에 미련을 놓지 못하고 있던 것을 알고 있던 눈치였다.

4
사 월

일
요 일

혜향, 왜 소설을 고집하시나요? 혜향도
의문이었다. 그냥 소설이 좋은걸 어떻게 해.
너무 당연해서 별다른 이유를 생각해 본 적이
없었다.

4
사 월

월
요 일

29

종우, 종우의 가게에 반려식물이 생겼다. 개업을 축하하는 친구의 선물이었다. 싱그러운 잎이 창틀에 생기를 더해주었다.

4
사 월

화
요 일

30

은성, 은성은 최근 야식의 즐거움을 잃었다. 며칠 전부터 쓰린 속의 원인이 자극적인 음식으로 밝혀졌기 때문이었다. 빵, 우유, 라면, 치킨... 은성이 좋아하는 것들을 모두 금지하던 의사선생님의 엄한 표정이 떠올랐다. 유난히 서글픈 밤이었다.

5
오 월

수
요 일

제용, 제용은 봄을 가르고 나아갔다. 한 발짝의 망설임도 없었다. 이 순간을 즐기겠다는 마음만이 가득했다.

5
오 월

목
요 일

2

지연, 지연은 어린 시절 어머니의 무릎에 누워서 보내던 시절을 그리워했다. 고막 가까이에서 나는 바스락거리는 소리를 듣던 그때. 세상 그 어떤 나쁜 일도 용서할 듯 나른한 기분이 좋았다.

5  **금**
오 월 요 일

하경, 여름이 좋았다. 세상 모든 것이 밝게
빛나는 계절, 뜨거운 태양 아래 즐기는
스포츠를 사랑했다. 하경은 다가오는 여름에
새길 기억을 설레어하며 봄을 보내고 있었다.

5  **토**
오 월   요 일

4

지수, 지수는 숲과 사랑에 빠졌다. 서로 다른
종의 생물들이 짐작할 수 없는 세월동안
그곳에 얽혀 있었다. 형용할 수 없는
아름다움을 느꼈다. 압도당했다는 말만이
온전히 숲을 설명할 수 있는 표현이었다.

5
오 월

일
요 일

세진, 세진이 결국 장바구니를 비운 것은
쇼핑몰의 강력한 할인 프로모션에 무릎을
꿇었기 때문이었다. 갖고 싶은 걸 어떻게 해.
마음만은 벌써 길거리 패션계를 장악한
힙스터였다.

5  월
오 월   요 일

나윤, '오랜만이다.' 그 말이 주는 느낌이 좋았다. '오랜만'이라고 말을 꺼내었을 때 상기하게 되는 이전의 시간이 좋았다. 그리고 그날 나윤은 아주 오랜만에 낡은 카세트라디오를 꺼냈다.

5  **화**
오 월 요 일

7

봄, 행복하세요! 상투적 문구를 쓰는 봄의
손이 긴장으로 떨리고 있었다. 사인을
요청하는 팬을 만난 것은 태어나 처음이었다.

5
오 월  요 일

주하, 주하는 긴 흐름으로 이어지는 이야기를 좋아했다. 특히 시리즈 물에 빠지면 도통 헤어나오지 못했다. 그는 기다리던 작가의 신작이 나오자마자 예약페이지로 향했다. 마치 이 순간만을 위해 태어난 사람 같았다.

5
오 월

목
요 일

성훈, 모두 다 커피, 커피 때문이었다.
카페인에 취약한 성훈이 카페를 자주 오가게
된 것도 그 이유였다. 점심식사 후 몰려오는
졸음을 견딜 수가 없었다. 카페 사장님이 신경
쓰이는 것은 절대 아니었다.

5
오 월

금
요일

10

예진, 예진은 공부를 하면 할수록 매료되는 식물의 세계에 푹 빠져있었다. 늦게 배운 도둑질에 밤새는 줄 모른다는 말이 예진을 두고 하는 말이었다. 꺼지지 않는 서재의 조명등이 예진의 밤을 지켜주었다.

5  **토**
오 월   요 일

11

현나, 떠나는 길이 쉬운 선택은 아니었다.
현나는 선반을 정리하다 팀원들과 함께 찍었던
폴라로이드 사진을 발견했다. 왁자지껄했던 그
날의 분위기가 생생히 담겨있었다.

5  **일**
오 월 요 일

12

민희, 앞머리를 잘랐다. 눈썹이 보일 만큼 짧은 길이였다. 민희 인생에 이렇게 짧은 적은 처음이었지만 마음에 들지 않는 것은 아니었다.

5 월
오 월  요 일

13

혜원, 연필을 굴리던 혜원은 답안지의 마지막 칸을 채웠다. 몇 달간 준비한 시험의 종지부를 찍는 순간이었다. 그 때 좀 더 열심히 할 걸. 내일의 자신에게 미루던 그때의 내가 조금 야속해졌다.

5
오 월

화
요 일

14

주호, 주호는 몰아치는 일로 이별의 아쉬움을 달랠 여유조차 없었다. 헤어지는 순간까지 바쁘다는 핑계를 댔던 자신에게 내려진 벌 같기도 했다. 세상에서 제일 나쁜 남자가 바쁜 남자라던데. 마지막까지 얼굴을 보지 못한 것이 못내 마음에 걸렸다.

5		수
오 월		요 일

15

소은, 어머니는 늘 계절이 바뀔 때마다 제철 과일을 보내주셨다. 봄에는 복숭아, 여름엔 포도, 가을엔 감, 겨울엔 사과. 홀로서기를 시작한 소은을 걱정하는 마음에서였다.

5  **목**
오 월 요 일

16

효빈, 발표순서가 가까워졌다. 호흡을 가다듬어도 달아오르는 얼굴의 열기까지 통제할 수는 없었다. 효빈은 전날 저녁까지 수십 번 연습했던 발표내용을 되새겼다. 이번이 정말 제대로 보여줄 시간이었다.

5  **금**
오 월   요 일

17

중선, 신발을 샀다. 긴 신발끈이 달린 단정한 운동화였다. 중선의 발에 신겨진 신발에서 새 것 냄새가 났다. 앞으로 신입 생활을 함께 할 꼭 맞는 동료였다.

5
오 월

토
요 일

18

세희, 목소리가 좋은 사람이요. 이상형을 묻는
질문에 세희는 늘 같은 대답을 했다.
구체적이지도, 추상적이지도 않은 답변이었다.
세희의 말을 듣던 남자가 흠흠, 하고 괜히
목소리를 가다듬었다.

5
오 월

일
요 일

19

미랑, 그 나이 먹고 운전면허도 없냐는 말에는 조금 서운한 감정이 들었다. 지금 당장 차를 살 것도 아니니 아무렴 어때. 미랑은 급할 이유는 없다고 생각했다.

5  월
오 월   요 일

20

예지, 희고 가는 털이 빛을 머금고
반짝거렸다. 부드럽게 어루만지는 예지의
손길에 고양이가 골골거리는 소리를 냈다.
오랜만에 맞는 평화였다.

5
오 월

화
요 일

21

고은, 생일 선물로 받은 만년필에는 고은의 이름이 새겨져 있었다. 인고의 시간을 함께한 동료와도 같은 펜이었다. 고은은 마지막 잉크를 교체했다. 탈고를 목전에 두고 있었다.

5
오 월

수
요 일

22

진솔, 진솔은 하늘을 나는 사람이 되고 싶었다. 그녀가 아주 어릴 적부터 꿈꾸던 일이었다. 구름 속을 탐험하고, 보이지 않는 지상 높은 곳에서 벌어지는 이야기를 알고 싶었다.

5		목
오 월		요 일

23

준엽, 준엽의 단골 카페는 걸어서 10분 거리에
있었다. 바쁘지 않은 날마다 꼭 찾아가는
곳이었다. 가게의 잔잔한 음악을 들으며
하루를 시작하면 그만한 행복이 없었다.

5
오 월

금
요 일

24

현호, 현호의 오른쪽 뺨에 있는 보조개는
경계심을 풀게 하는 특유의 매력이 있었다.
그날도 현호는 웃는 얼굴로 자리에 앉았다.
안녕하세요. 환한 미소가 면접관들을
주목시켰다.

5
오 월

토
요 일

25

광섭, 광섭은 이번엔 제대로 놀 준비를 하고 있었다. 한 번 마음을 먹고 나니 실행까지는 일사천리였다. 여행 사진을 찍는 친구의 SNS가 그를 자극시켰다.

5
오 월

일
요 일

경량, 여름의 시작을 알리는 더위가 경량의
등줄기를 덥혔다. 그가 좋아하는 긴팔 셔츠를
더 이상 입기 힘든 날씨였다. 이번 여름엔 무얼
입어야 하나. 경량은 소매를 걷어붙이며
지난해 정리해 두었던 옷장 서랍을 열었다.

5  월
오 월　　　　　　　　　　요 일

27

문수, 오늘은 문수의 생일이었다. 특별한 일정은 없었지만, 들뜬 기분을 숨기지 못했다. 그의 표정을 읽은 동료 직원들이 조용히 비밀 작전을 수행하기 시작했다.

5
오 월

화
요 일

28

주연, 주연은 더워 죽어도 따뜻한 커피를 마시는 사람이었다. 원래도 차가운 음식을 잘 먹지 못했지만, 커피만큼은 따뜻한 온도로 즐기고 싶었다. 천천히 식으며 미묘한 변화를 보이는 커피의 맛과 향이 좋았다.

5
오 월

수
요일

29

규림, 방울토마토를 좋아하던 친구의 개구진 얼굴이 떠올랐다. 저녁마다 잘 익은 토마토를 건네던 규림은 이제 한국에 없었다. 둘이 사진이라도 제대로 찍어두는 건데. 아쉬움이 규림의 미소를 더 그립게 했다.

5
오 월

목
요 일

30

강석, 세탁기 속 빨래감이 바쁘게 돌아갔다.
강석은 동그란 창 너머 움직이는 빨래감을
멍하니 바라보았다. 주말을 마무리하는
강석만의 중요한 시간이었다.

5  **금**
오 월 요 일

31

도한, 도한은 종일 같은 코너를 맴돌았다.
시간 가는 줄 모르고 책에 빠져있었다.
좋아하는 사진 작가의 특별전이 있는
날이었다.

6
유 월  **토**
요 일

1

유상, 유상은 이야기를 처음부터 다시
시작하고 싶었다. 그의 기대와는 다른
전개였다. 어디서부터 다듬어야 할지
막막했다. 다시 고민이 깊어 가는 밤이었다.

6  일
유 월   요 일

영민, 영민은 창밖의 해를 바라보았다. 운이 좋게도 앉은 자리에서 보이는 바깥의 풍경이 꽤 근사했다. 그의 눈동자 위로 속눈썹의 그림자가 졌다. 그대로 오랫동안 생각에 잠겼다.

6  **월**
유 월   요 일

하늬, 마지막 터치만 마치면 완성이었다.
하늬의 첫 작품이 탄생하는 순간, 이름을
지으라는 강사의 말에 한참을 고민했다.
여름과 봄꽃이 어우러진 풍경, '여름의
봄'이라는 이름을 지어주었다.

6
유 월

화
요 일

영주, 영주는 오랜만에 공원을 거닐었다.
햇빛을 피해 줄지어 걷는 사람들의 움직임이
귀여웠다. 조금만 걸어도 금새 땀방울이
맺히는 날씨였지만 가끔은 이런 시간이
필요했다. 번잡한 도시 속 조용한 평화가
영주의 마음에 선선한 공기를 불어 넣어
주었다.

6  **수**
유 월 요 일

5

규원, 모르는 새 머리가 많이 자라 있었다.
어깨선을 타고 흘러내리는 가닥이 여기저기로
뻗쳐 있었다. 규원은 머리를 단정히 빗으며
어젯밤 일을 생각했다.

6
유 월

목
요 일

가현, 비가 세차게 내렸다. 그야말로 여름이었다. 가현에게 다른 생각은 없었다. 지금이 아니면 안 되는 사람처럼 빗속으로 뛰어 들어갔다.

6  **금**
유월   요일

종혁, 종혁은 안경을 고쳐썼다. 사소한 실수를 발견한 그는 멋쩍은 표정을 지었다. 분명 전날까지도 완벽해 보이던 작업물이었는데. 확신에 차 있던 어제의 자신이 조금 부끄러워졌다.

6  **토**
유 월 요 일

호정, 호정은 오늘도 운세를 확인하며 하루를
시작했다. 사랑하는 사람과 행복한 하루를
보내겠네요. 사랑하는 사람? 괜히 들뜨는
기분에 친구와 저녁 약속이라도 잡아야겠다는
생각이 들었다.

6  **일**
유월 요일

9

유진, 오랜만에 책장을 뒤졌다. 책을
읽어야겠다는 생각이 들어서였다. 표지 그림이
마음에 드는 시집을 꺼내 읽었다. 책을
좋아하는 유진의 친구가 준 선물이었다.

6  월
유 월　　　　　　　　　요 일

10

시화, 시화는 결국 단념하기로 마음먹었다. 오랫동안 눈여겨 본 장소였지만 지금 여건으로는 불가능한 조건이었다. 더 좋은 매물이 나오겠지. 시화의 남편이 다정히 어깨를 두드렸다.

6  **화**
유월 요일

11

진영, 진영의 말은 조금 느릿느릿했는데, 그래서인지 사람들을 주목시키는 힘이 있었다. 차분한 목소리로 말할 때마다 팽팽한 줄의 양옆을 잡고 늘였다 줄였다 하는 긴장감이 느껴졌다. 그래서 말인데... 물론 그는 잘 모르는 눈치였다.

6
유 월

수
요 일

12

기봉, 기봉은 말없이 버스에 올랐다. 어깨에 멘 가방이 오늘따라 더 무겁게 느껴졌다. 집으로 가는 길이 너무 멀었다. 중요한 시험을 앞두고 전근을 간 선생님의 얼굴이 아른거렸다.

6
유 월

목
요 일

13

삼월, 더운 날씨 탓인지 그날은 놀이기구를 타는 사람이 아무도 없었다. 삼월은 주위를 둘러보고 조용히 그네에 앉았다. 어른들은 놀이터를 이용하지 말라고 엄포를 놓던 동네 주민의 시선을 피해야했다.

6
유월

금
요일

14

창아, 창아는 여름에도 핸드크림을 발랐다.
유난히 피부가 건조한 탓에 생긴 습관이었다.
그녀가 핸드크림을 바를 때마다 향긋한
귤냄새가 주변에 퍼졌다.

6
유월

토
요일

15

태한, 오리가 물 위를 둥둥 떠다녔다. 물살을 가르는 힘찬 발길질이 호수 위 잔잔한 파장을 일으켰다. 태한은 그 순간을 놓치지 않고 포착했다. 꼬랑지가 길게 뻗어나온 청둥오리의 모습이 사진에 선명히 담겼다.

6  일
유 월   요 일

16

비와, 어색하게 그지없는 상황이었다. 비와는 상대의 표정에서 드러나는 감정을 읽으려 애썼지만, 빈틈이 전혀 보이지 않았다. 결국 비와가 먼저 입을 열었다.

6 월
유 월　　　　　　　　　　　요 일

17

무혁, 방학까지 앞으로 7일, 딱 일주일만 버티면 무혁은 자유의 몸이었다. 친구들과 여행을 떠나기 위해 모아두었던 회비가 그를 오사카로 부르고 있었다. 무혁은 괴로움에 몸부림쳤다. 기말고사라는 큰 산이 그들을 가로막고 있었다.

6
유 월

화
요 일

18

나래, 수영 강습이 난항을 겪고 있었다. 이번 여름엔 물공포증을 이겨보겠다고 다짐했건만, 역시나 쉽지 않았다. 같이 수업을 등록한 나래는 다음 달부터 중급반 수업을 듣는다고 했다. 나래는 물속에서 그 누구보다 자유로워 보였다.

6
유 월

수
요 일

19

해린, 해린은 강가에 앉아 축제를 즐기고 있었다. 저녁이 되어도 해는 지지 않고 여름의 열기가 공기 중을 떠다녔다. 때때로 물속을 헤엄치던 이름 모를 물고기가 물 위로 튀어 올랐다. 반짝거리는 비늘의 광택이 해린의 눈가를 간지럽혔다.

6
유 월

목
요 일

민영, 노트의 마지막 페이지를 넘겼다. 꾹꾹 눌러 쓴 민영의 글씨가 종이의 표면 가득 채워져 있었다. 그 속에 민영의 고민과 영감이 잔뜩 담겨있었다.

6
유 월

금
요 일

21

하람, 하람을 처음 봤던 날을 생각한다.
어깨에 산처럼 무거운 짐을 지고 골목을 걷고
있던 그날. 왜 그렇게 짐을 들고 다니냐는 말에
아무 대답 없이 웃던 그때. 나는 그 묵묵함에
깊이 빠지게 되었다.

6  **토**
유월 요일

22

주은, 말이 없는 조용한 성격이 주은의
신비로운 분위기를 형성했다. 무표정한 얼굴
때문에 늘 어떤 생각을 하는지 알 수 없었다.
그리고 주은의 목소리에는 특별한 울림이
있었다. 그녀의 낮고 깊은 목소리는 사람들의
이목을 집중시켰다.

6
유월

일
요일

23

채은, 채은은 무더운 날 시원한 카페에서 즐기는 아이스 커피의 목 넘김을 사랑했다. 맑은 유리잔 표면에 맺힌 물방울을 닦아내고 빨대없이 잔에 입을 댔을 때 느껴지는 온도 차를 좋아했다. 시원함을 원 없이 만끽하는 것, 여름을 나는 채은의 방식이었다.

6  월
유 월　　　　　　　　　　　　　요 일

24

은지, '백은 온전함을 상징하는 수잖아.
백일쯤 되면 사랑이 영원했으면 하는 바람을
담아서 반지를 맞추는 거야.'
은지는 손가락에 남은 반지의 흔적을 가리고
싶었다. 결국 온전하지 않은 사랑은 희미한
자국만 남겨놓고 사라졌다. 그 흔적이 여름
내내 가시지 않을 것 같아 마음이 쓰였다.

6
유 월

화
요 일

25

하은, 하은을 다시 만난 것은 거의 7년 만의 일이었다. 그것도 제주에서의 재회는 정말 큰 우연이었다. 더위에 무력해진 서로의 얼굴에 그간의 원망은 조금도 남아있지 않았다.

6  수
유 월 　　　　　　　　　요 일

26

선영, 결국 선영의 휴대폰은 먹통이 되었다. 미끄러운 손이 하루에도 몇 번씩 기기를 떨어뜨린 탓이었다. 여러 차례 반복된 외부의 충격에 약한 액정이 견디지 못했다. 선영은 남은 할부 개월 수를 헤아리며 다음 핸드폰 기종의 가격을 저울질했다.

6 　　　　　　　　　　　　　　**목**
유 월　　요 일

나예, 나예는 깊이 잠수했다. 더 이상 숨을
참을 수 없을 때까지 깊게 자신을 가두었다.
코와 입을 틀어막은 채로 오로지 바다의
풍경에 집중했다. 물속에 들어갈 때만 느낄 수
있는 세상과 단절된 기분을 즐기고 있었다.

6
유 월

금
요 일

28

아현, 아현은 방을 청소하다 낡은 책 사이 꽂혀있던 사진을 발견했다. 앳된 얼굴의 부모님이 서로의 어깨에 기대어 다정한 표정을 짓고 있었다. 수십 년 전 두 사람의 모습이 낯설어 한참을 들여다보았다.

6
유 월

금
요 일

29

경민, 경민은 전속력으로 달렸다. 그가 낼 수 있는 최대치의 속력이었다. 눈물이 날 것 같았다. 공항 내 수많은 인파속에서 한 사람의 얼굴만 선명히 보였다.

6
유 월

금
요 일

30

채윤, 채윤은 비를 맞으며 걸었다. 주변 사람들의 시선이 느껴졌지만 아랑곳하지 않았다. 이미 거센 소나기가 한 바탕 지나간 동네가 더위에 푹 젖어 있었다.

7  월
칠 월　　　　　　　　　　요 일

1

연인, 사람들의 옷차림이 가벼워졌다. 연인의 방에도 여름이 찾아왔다. 이번에는 얼마나 더울지 푸념하면서도 여름의 첫머리가 반가웠다.

7
칠 월

화
요 일

효은, 효은은 여름이면 복숭아를 기다린다.
마트에 과일코너를 꼭 들려 복숭아가 나왔는지
확인한다. 물씬한 복숭아를 먹으면 여름의
더위를 달게 이길 수 있었다.

7  **수**
칠 월   요 일

3

소망, 거실에 나와 토마토를 먹던 소망은
잡지를 뒤적이다가 그 가수의 인터뷰를 보게
되었다. 사랑 그 자체를 말해요. 그 후로 소망은
이유를 설명할 수 없는 우울에 잠기면 그의
노래를 찾아들었다.

 **7** 칠월   **목** 요일

리나, 리나는 왼쪽 눈과 눈썹 사이에 작은 점이 있었다. 눈썹에 작은 먼지가 떨어진 것처럼 보이기도 했다. 리나는 자주 그걸 만졌고, 그때마다 리나의 엄마는 그 점을 빨아들이겠다고 청소기 흉내를 냈다. 리나는 엄마가 입을 맞춰주면 기분이 좋았다.

7  **금**
칠 월 　　　　　　　　　　　요 일

미라, 아이들은 점심시간이면 교실에서 나와
운동장을 돌았다. 점심을 든든하게 먹어
기분이 좋아진 미라는 잔디밭에 누웠다.
햇빛이 너무 세서 체육복으로 얼굴을 가리자
잠이 쏟아졌다.

7  **토**
칠 월   요 일

인정, 인정은 빵보다는 떡을 좋아해서 간식으로 자주 떡을 챙겨갔다. 그럼 은결이 찾아와 관심을 보였다. 은결의 관심이 부담스러워 오늘은 탕비실이 아니라 옥상으로 향했다. 텀블러에 따뜻한 차를 담아온 인정은 아직 말랑말랑한 떡을 한입에 넣었다.

7  **일**
칠 월 요 일

은결, 은결은 집앞에 있는 떡집에 들러 인절미 한팩을 샀다. 내일 인정과 같이 먹으리라 생각하고 냉장고에 두었다. 은결은 빵도 떡도 좋아하지 않았지만 떡과 과일이 정갈하게 담긴 인정의 도시락이 좋았다.

7  **월**
칠 월 요 일

8

영화, 겨울 아니면 여름. 밸런스 게임을 하고 있는 동기들 사이에 낀 영화는 좀처럼 대답을 하지 못했다. 겨울에는 집에서 눈을 볼 수 있어서 좋고, 여름에는 장마철에 집에서 낮잠을 자는게 좋다고 영화는 대답했다. 그건 집을 좋아하는 거잖아. 그러네. 영화는 작게 웃으며 수긍했다.

7 칠월  **화** 요일

9

민호, 아무리 복기해도 면접관의 마지막 질문이 떠오르지 않았다. 그 질문을 제외한 나머지 질문들은 답변까지 떠올랐다. 민호는 마른세수하며 카페에서 나갔다. 그리고 공항철도를 탔다. 에스컬레이터에서 내려 상가를 지나쳤다. 캐리어를 끌고 뛰어가는 사람들이 보였다.

7
칠 월

수
요 일

10

예원, 예원은 매대에 현수막을 걸었다. 현수막에 쓰인 자신의 브랜드 로고를 한참 들여다보았다. 그리고 엄마의 얼굴이 떠올랐다. 엄마는 새벽부터 나가는 예원을 배웅해 주었다. 예원은 자리로 돌아가 엄마가 챙겨준 보온병을 열어보았다. 따뜻한 국화차가 들어있었다.

7  **목**
칠 월 요 일

11

세정, 물에서 호흡할 때도 육상에서
호흡하듯이 자연스럽고 과하지 않아야 해.
미소의 말에 세정은 숨을 오래 참지 않고 발에
힘을 뺐다. 그리고 온전히 호흡에만
집중하면서 앞으로 나아갔다. 숨이 반쯤
나가면 물 위로 머리를 들어 가슴으로
들이마셨다. 그러니 한결 몸이 편해졌다.

7 칠월  **금** 요일

12

미소, 여름에는 손가락 까딱하기 싫어 굶던 날이 자주 있었다. 미소는 밥을 먹고 싶지 않으면 국수를 자주 말았다. 간장과 참기름, 그리고 설탕만 넣고 비비기도 했고, 신김치를 양념해서 채 썬 오이와 함께 김치말이 국수도 해 먹었다. 남은 면은 꼭 냉장고에 보관했다. 경험에서 나온 노하우였다.

7
칠 월

토
요 일

13

윤지, 윤지는 다른 사람의 글을 읽으면 자신의 글이 초라해졌다. 생각의 깊이부터가 그 사람들과 다른 것 같았다. 타인에게 공감하는 마음은 선천적인 건가. 그럼 아예 소설을 쓰면 안 되는 것이 아닐까. 생각이 복잡해진 윤지는 좋아하는 작가의 책을 펼쳤다.

7
칠월

일
요일

14

유영, 유영의 방으로 더위가 스멀스멀 내려앉았다. 유영은 창문을 열고 의자에 기대앉아 그날 인사팀에서 받은 답변을 다시 고민했다. '과장의 모욕적인 언사의 대상이 모호하다.' 그게 유영을 향한 말인지 아니면 팀원들을 향한 말인지 알 수 없다는 것이었다.

7  **월**
칠 월 요 일

15

예봄, 지긋지긋한 폭우가 오늘도 멈추지
않았다. 예봄은 오늘 만나기로 한 친구에게
약속을 미루자고 톡을 보냈다. 그래, 안전하게
집에 있자. 이제는 이런 답문의 무게가 절대
가볍지 않게 느껴졌다. 잠깐 열어두었던
창문으로 빗방울이 들이쳤다. 예봄은 지인들의
안위를 기도하며 창문을 닫았다.

7
칠 월

화
요 일

16

안나, 집중호우에 채솟값이 올랐다는 뉴스는 보았어도 이건 너무하다 싶었다. 텅 비어있는 카트를 밀며 안나는 한숨을 쉬었다. 배달 음식이 싸게 느껴질 정도였다. 이번에도 마트 구석으로 가서 못난이 채소들을 뒤적거렸다.

7
칠 월

수
요 일

17

도경, 여행을 가서도 배움이 있어야 해. 그 말에 인상을 찌푸리던 도경은 선배의 말을 곧장 받아쳤다. 그럼 쉬는 게 아니잖아. 선배는 우리가 쉴 시간이 어디 있냐며 자기 계발에 뒤쳐지지 않아야 한다고 설명했다. 자리로 돌아온 도경은 제주행 비행기표를 홧김에 끊었다.

7
칠 월

목
요 일

18

태연, 동네에 작은 서점을 운영하는 태연은 손님들이 없는 시간마다 초급 프랑스어 교재를 펼쳤다. 음성파일을 들으며 한글로 정직하게 발음을 달았다. '리버에리, 리붜에리, 리붜흐엣리' 서점이라는 간단한 단어도 자신이 듣기에는 세 가지 발음으로 갈리는 것을 보고 태연은 프랑스어를 그만두어야 하나 생각했다.

7
칠월  금
요일

19

필교, 며칠 전부터 목과 어깨에 통증이 있던 필교는 병원을 찾기로 했다. 오후 반차를 냈다. 의사는 약 처방과 도수치료를 권했다. 침대에 엎드리라는 물리치료사의 말에 쭈뼛거리며 신발을 벗었다. 이게 갑자기 아픈 게 아니라 쌓인 거예요. 차곡차곡. 필교도 물리치료사에 말을 되받는 것처럼 차곡차곡 이라고 말했다.

7
칠월  토
요일

20

인혜, 본격적인 더위가 시작된다는 말을
어제도 들은 것 같은데. 인혜는 손부채질하며
베란다 문을 열었다. 다음 주에나 올 수 있다는
에어컨 수리 기사의 난감한 목소리가 아직도
귓가에 맴도는 것 같았다. 인혜는 창문을
열었다. 더운 공기를 흘트리려는 듯 뻗은 손을
좌우로 흔들었다.

7
칠 월

일
요 일

21

요나, 요나는 마감 직전에야 시안을 보냈다. 거래처는 못마땅한 목소리였으나 그것까지 신경 쓸 여유가 없었다. 수정할 것이 있으면 연락을 달라는 말만 남기고 요나는 전화를 끊었다. 라면이다. 오늘은 라면을 먹어야겠다. 요나는 냄비를 꺼내 물을 끓였다.

7월

칠월  요일

22

아람, 아람은 풋살화를 배낭에 담았다. 아직도 풋살장에 들어가면 재밌기보다 긴장이 되었다. 한 달이 지나도 강사님이 말하는 공이 감기는 느낌은 알 수 없었다. 하지만 공을 차면 신이 났고 패스를 성공하면 짜릿함이 들었다. 무엇보다 공을 뺏기든 지키든 '나이스!'라고 외쳐주는 팀원들의 목소리가 너무 좋았다.

7 칠월  **화** 요일

23

효정, 바닷속에서는 모든 소리가 먹먹해진다.
이곳은 행동과 말보다 진동과 냄새가
중요하다. 효정은 하강하지 않고 그 자리에
머무른다. 숨을 가두고 먼 곳을 응시한다.

7
칠 월

수
요 일

24

연수, 연수는 아이들이 남긴 우유를 챙겼다. 감기에 걸린 학생이 많아 다른 날보다 개수가 많았다. 연수의 집에 우유를 좋아하는 사람이 있었다. 그는 소파에 앉아 우유에 시리얼을 말아 드라마를 볼 것이다. 그럼 연수는 또 식탁에서 먹으라고 잔소리한다. 연수는 부엌으로 가는 그의 억울한 뒤통수가 좋았다.

7
칠 월

목
요 일

25

미정, 미정은 물레 앞에 앉았다. 미세한 힘으로 페달을 조정하면서 작업에 열중했다. 작은 움직임에도 모양이 일그러질 수 있어 자연스럽게 숨을 참게 되었다. 미정은 계속해서 돌아가는 원판을 바라보면 그릇이 아니라 자신이 돌고 있는 것이 아닐까 하는 생각이 들었다.

7  금
칠 월   요 일

26

단우, 단우는 트렁크에서 모자를 찾았다.
파란색 모자를 쓰고 돌아온 그를 학생들이
불렀다. 단우의 귀찮아하는 표정이 서운한지
아이들은 아쉬운 소리를 하기 시작했다.
마음이 약해진 그는 아이들에게 다가갔다.

7
칠 월

토
요 일

27

선후, 투둑투둑 줄이 끊어지는 듯한 소리가
들리더니 비가 내리기 시작했다. 이번 장마는
짧다고 하던데. 뒷좌석에서 우산을 꺼낸
선후는 차에서 내리고 가게까지 뛰기
시작했다. 갓 나온 빵 냄새가 코를 건드리자,
선후의 걱정이 가라앉았다.

7
칠 월

일
요 일

28

선, 신의 호령처럼 몰아치는 모래바람이 선의 벌린 입을 가로막았다. 목구멍에 닿는 모래의 까슬함에 컥컥대던 선의 눈에 눈물이 고였다. 태양의 열기가 선의 몸을 끌어안았다. 그저 순응하며 모든 것을 맡기고 싶었으나 그럴 수 없었다.

7  **월**
칠 월 　　　　　　　　　　요 일

29

은겸, 장화를 신은 은겸은 중간중간 보이는
물웅덩이를 놓칠 수가 없었다. 단숨에
뛰어올라 그대로 주저앉았다. 사방에 튀기는
물에 은겸의 옷이 더러워졌다.

7 칠 월  **화** 요 일

30

민관, 그림의 크기에 압도된 민관은 꼼짝할 수가 없었다. 민관의 앞에 선 사람들의 대화에서 행복, 죽음, 그리고 가치라는 단어들이 들렸다. 그러나 민관에게 그런 단어들은 떠오르지 않았다. 지금은 이 그림에 압도되고 싶은 마음뿐이었다.

7
칠월

수
요일

31

지윤, 몇 번의 수정 끝에 논문을 제출하고 지윤은 집으로 돌아왔다. 끊은 지 오래된 담배 생각이 간절해졌다. 지윤은 소파에 걸터 앉았다. 무언가를 끝냈기는 했지만 정작 그게 뭔지 모르겠다는 생각이 들었다.

8  목
팔 월   요 일

1

서원, 굵은 장맛비에 학교 운동장을 달리려던 계획을 포기할지 고민이 들었다. 하지만 이런 상황에 연연하지 않으려 비를 맞으며 걸어갔다. 발을 구르며 몸에 열을 냈다. 빗속을 달리면 달릴수록 해방감이 들었다.

8 팔 월  **금** 요 일

유지, 배 위에 선 유지는 고개를 떨구었다.
가늠이 되지 않는 깊이의 다이빙 포인트가
시퍼렇게 몸을 뒤척였다. 두려움인지 설렘인지
알 수 없는 떨림이 몸을 가득 채웠다. 내려가는
리프트에 맞추어 목부터 머리가 따라
움직였다.

8
팔 월

토
요 일

혜미, 강한 빗줄기에 우산이 소용이 없어
보였다. 태권도장에서 집까지는 한참을 걸어야
했다. 발만 동동거리던 혜미 옆으로 아이들이
함성을 지르며 밖으로 내달렸다. 혜미는
속으로 숫자를 세기 시작했다.

8  **일**
팔 월   요 일

찬은, 폼롤러로 종아리를 마사지하던 찬은은 티비에서 보이는 치킨 광고에 눈을 뗄 수가 없었다. 배달 앱을 여닫기를 반복하다 결국 치즈볼까지 시켜버리고 말았다.

8  월
팔 월　　　　　　　　　　　요 일

5

오윤, 이번에도 850점을 넘지 못했다.
서점에서 토익 교재를 고르던 오윤은 한숨이
나왔다. 이런 시험에 쩔쩔매는데 다른 시험은
어떻게 치려고 하는지 자신이 한심스러웠다.
미리 생각해 둔 교재를 고르고 1층으로 내려간
오윤은 문학 코너로 들어갔다.

8
팔 월

화
요 일

6

정현, 몇 시간 전부터 사람들이 티켓을 끊으려 입구에 줄을 서고 있었다. 찌는 듯한 날씨에 정현은 머리가 아득해졌다. 역까지 낑낑거리며 들고 온 생수들을 보자 마음이 든든해졌다. 록 페스티벌 셔틀버스가 도착하자 또 다른 인파가 나타났다.

8  수
팔 월 요 일

7

가온, 가온은 머리에 손수건을 둘렀다.
돗자리에 앉아 다리에 선크림을 꼼꼼히
발랐다. 록을 자주 듣는 편은 아니지만 축제는
좋아해서 페스티벌에 함께 가자는 친구의
제안을 거절할 수 없었다. 둥둥거리는 음악
소리에 몸이 들썩였다.

8
팔 월

목
요 일

나애, 록 페스티벌에 왔다는 사실이 실감 나지 않았던 나애는 한참이나 주변을 두리번거렸다. 그러다 익숙한 전주에 뛰기 시작했다. 나애가 요즘 빠져있는 밴드의 노래였다. 모두 머리 위로 손뼉을 치기 시작했다.

8  금
팔 월 요 일

9

소나, 장마가 짧았던 만큼 지독한 무더위였다.
소나도 금방 지쳐버렸다. 옷가게 앞을
지나가는 사람들의 표정이 좋지 않아 전단을
나누어 주기가 주눅이 들었다. 가게 안에서
사장이 소나를 지켜보고 있었다.

8
팔월

토
요일

10

효리, 점심시간이 끝나가자 효리는 반납한 도서가 들어있는 책 트럭을 밀었다. 같이 일하는 사서 선생님의 눈치를 보지 않으려면 부지런히 움직여야 했다. 구역에 맞게 책을 꽂아 넣었다. 관장의 지시로 입은 형광 조끼가 불편했다.

8
팔 월

일
요 일

11

은서, 꾹꾹 눌리는 피아노 건반 소리에 은서는 눈을 감았다. 소리를 최대한으로 키워야 들리는 음악이었다. 아래로 가라앉는 페달의 묵직함과 머리 위를 떠다니는 피아노 음률이 공존하고 있었다.

8  **월**
팔 월   요 일

12

유빈, 신발을 갈아신은 유빈은 밖으로 나갔다.
선혜는 보이지 않았다. 점심시간에 했던 말이
상처를 줬는지 선혜는 학교가 끝날 때까지도
유빈에게 쌀쌀맞았다. 유빈은 사과하려
했지만, 말이 나오지 않았다. 그저 선혜가
자신의 마음을 알아주길 바랐다.

8
팔 월

화
요 일

13

선혜, 선혜는 유빈이 진심으로 그런 말을 하지 않았을 거라는 걸 알았다. 유빈에게 친구는 자신뿐이라는 것도 알았다. 하지만 유빈의 장난에 화가 났고 토라졌다. 이번 화는 오래갈 거야. 마음속으로는 그렇게 외쳤지만, 속으로는 소풍날 유빈에게 줄 간식을 생각하고 있었다.

8 팔 월  수 요 일

14

재민, 재민은 성현이 추천해 준 음악이 하나같이 좋았다. 제주로 내려와서 처음 만난 동갑내기와 비슷한 취미가 많아 신기했다. 대화를 한번 시작하면 끝나지 않았다. 어른이 되고 만난 인연은 오래가기가 쉽지 않다는 여자친구의 말을 재민은 믿지 않았다.

8
팔 월

목
요 일

15

해인, 해인은 넘실거리는 파도에 몸을 맡겼다. 힘을 빼고 팔과 다리를 넓게 벌렸다. 햇빛에 등이 따갑기도 했지만, 숨이 차오를 때까지 고개를 들지 않았다. 해인은 물을 무서워했지만 깊지 않은 수심에서의 물놀이는 즐거웠다.

8
팔 월

금
요 일

16

규민, 규민은 여름에 하는 드라이브를 특히 좋아했다. 해변가를 지날 때면 꿉꿉한 공기에도 차창을 열어 꼭 냄새를 맡았다. 그럼 여름을 만끽하는 기분이 들었다.

8  **토**
팔 월   요 일

17

하정, 팬케이크 위에 누렐라를 겹겹이 발라 그 위에 바닐라 아이스크림을 올렸다. 당이 당길 때는 이만한 간식이 없었다. 하정은 빈백에 앉아 그릇을 무릎에 두었다. 왠지 나쁜 짓을 하는 기분이 들었다.

8
팔 월

일
요 일

18

소정, 아이들을 학교에 데려다주고 집으로 온 소정은 세탁기에서 빨래를 꺼내 건조대에 널었다. 이력서를 넣은 회사에서는 아직도 연락이 없었다. 공백이 있는 몇 년의 시간이 문제였을까. 이런저런 생각에 잠기던 소정은 몇 번이나 울려대는 초인종 소리도 듣지 못하고 있었다.

8  **월**
팔 월　　　　　　　　　　　요 일

19

시원, 소파에 잠들었던 시원이 눈을 뜨자 하얀색 런닝을 입은 아빠가 보였다. 땀을 뻘뻘 흘리며 선풍기를 고치던 아빠의 뒷모습에 시원은 눈이 다시 감겼다. 누군가 깨워 줄 사람이 있다는 것은 기분 좋은 일이었다.

8
팔 월

화
요 일

20

민정, 야근을 끝낸 민정은 집으로 들어가는 길에 24시간 운영하는 식당을 보았다. 포장을 고민하던 민정은 결국 가게 안으로 들어갔다. 내일은 휴일이니 오늘 좀 무겁게 먹어도 되겠지. 포장한 계란말이를 식탁 위에 놓아둔 민정은 냉장고에서 맥주를 꺼냈다.

8   수
팔 월  요 일

21

여월, 중앙에서부터 동그랗게 말리는 파도에 여월은 한껏 기대에 부풀었다. 보드를 옆구리에 끼고 모래사장을 걸어갔다. 다들 좋은 파도를 기다리고 있었다. 여월도 서퍼들 사이에 섞여 자신의 차례를 기다렸다.

8
팔 월

목
요 일

22

하나, 하나는 집에 있는 친구에게 어떤 메뉴를 사 갈지 물었다. 초코빙수를 주문한 하나는 가게에 앉아 기다렸다. 얼음이 갈리는 소리가 쉴 새 없이 들렸다. 직원은 빙수에 초코 가루를 가득 뿌렸고, 하나는 그게 마음에 들었다.

8
팔 월

금
요 일

23

지원, 가게 안은 온갖 조명들이 있었다. 깨진 유리 조각을 가장자리에 붙여 만든 전등과 둥그런 버섯 모양의 갓을 씌운 전등도 있었다. 지원은 거기서 원목으로 만든 조명을 구입했다. 세로로 긴 전등이 하얀색 식탁과 어울렸다.

8
팔 월

토
요 일

24

주이, 눅눅한 공기에 빨래가 잘 마르지 않았다. 건조대에 널린 빨래들을 들쑤시던 주이는 거실에 제습기를 틀었다. 폭폭해진 실내에 주이는 덩달아 기분이 좋아졌다.

8
팔 월

일
요 일

25

가영, 영화관에서 나온 가영은 남은 팝콘을 그대로 가져왔다. 팝콘을 좋아하지만, 입이 짧아서 항상 반이나 남았다. 가영은 눅눅해진 팝콘을 우적거리며 노트북을 열었다. 감상이 사라지기 전에 블로그에 영화 리뷰를 남겨야 했다.

8  월
팔 월 요 일

26

소담, 소담은 삶은 면을 얼음물에 풀었다. 몇 번을 씻어내고 그릇에 담았다. 신김치를 잘게 썰고 마트에서 사온 육수를 꺼냈다. 식초를 넣고 김가루를 뿌렸다. 마지막으로 참기름을 몇 방울 넣었다. 여름에는 이것만큼 간단한 요리가 없었다.

8
팔 월

화
요 일

27

혜림, 아이쇼핑을 하던 혜림은 장바구니에 제품을 놓고 빼기를 몇 시간 동안 반복하고 있었다. 내일이 월급날이어도 충동적인 지출은 언제나 망설여졌다. 머릿속으로 계산기를 몇 번이나 두드리고 결국 티셔츠를 삭제했다.

8
팔 월

수
요일

28

병주, 병주는 손가락을 뒤로 꺾었다.
우득우득소리가 들려야 속이 좀 풀렸다.
그리고 위로 기지개를 크게 폈다. 병주는 목과
어깨를 털며 남은 긴장감을 풀었다.

8
팔 월

목
요 일

29

상희, 상희는 공부하는 애인을 앞에 두고
딴짓을 하고 있었다. 분명 시험공부를 할
거라며 만나지 말자고 투정을 부렸던 사람은
상희였다. 하지만 아무리 건드려도 관심을
주지 않자 서운해진 마음에 얼음만 씹었다.

8
팔월

금
요일

30

하림, 건들거리는 하림의 다리를 유미가 툭툭 쳤다. 하지 말라는 뜻이었다. 그러자 하림은 짓궂은 표정으로 유미의 팔을 때렸다. 약이 오른 유미는 하림의 공책 한 페이지에 커다란 원을 그렸다.

8
팔 월

토
요 일

31

유미, 이에 질세라 하림은 원 안에 웃는
표정을 그려 넣었다. 어이가 없는 유미는
하림의 장난을 무시하기로 했다. 유미는 쉬는
시간이 되자 자신을 부르는 하림의 목소리를
무시하며 교실을 나갔다.

9
구 월

일
요 일

은별, 은별이 마지막 홀드를 잡자 아래에서
박수 소리가 들렸다. 클라이밍을 다니고 가장
적응하기 힘들었던 점이 낯선 사람들의
응원이었다. 클라이밍 신발이 익숙해진 지금은
은별도 사람들을 적극적으로 격려했다.
신기하게도 그런 말들에 힘이 솟기도 하니까.

9 월
구 월 　　　　 요 일

2

경숙, 경숙은 서점의 폐점 시간까지 책을 읽느라 정신이 없었다. 몇 개월 전부터 기다렸던 최애 작가의 신작이었다. 부랴부랴 야근을 끝내고 나오자마자 서점부터 들렀다. 다행히 책은 입고되어 있었다.

9
구 월

화
요 일

3

영호, 영호는 손님이 자리를 찾지 못하자 손으로 직접 가리켰다. 손님은 별다른 말 없이 고개를 꾸벅거렸다. 맨 구석 1인석에 자리를 잡은 그가 신경이 쓰인 영호는 서비스로 고로케를 가져다주었다. 자리가 비좁아도 괜찮냐는 질문에 그는 머쓱한 표정으로 고개를 끄덕였다.

9 구 월  **수** 요 일

4

병욱, 여름옷을 정리하던 병욱은 작년에 산 티셔츠를 발견했다. 옷의 존재를 잊었는지 이번 여름에는 한 번도 입어보지 못했다. 아쉬움에 병욱은 오늘은 이 옷을 입고 나가겠다고 테이블에 놓아두었다.

9
구 월

목
요 일

숙경, 스킨을 바르던 숙경은 비어있는 로션통을 흔들었다. 세일 때 쟁여놓지 못한 것을 후회하면서 서랍 안에 있는 샘플들을 모았다. 정말 피부는 돈이라니까. 숙경은 구시렁거리며 얼굴 위에 팩을 얹었다.

9
구 월

금
요 일

6

지안, 지안은 9월 모의고사를 앞두고 긴장이 되었다. 원하는 대학에 충분히 갈 수 있을 거라 자신했지만 처참하게 떨어진 6월 시험 점수에 좌절하고 말았다. 지안은 컴퓨터용 사인펜을 굴렸다. 어차피 내 마음대로 되지 않는 상황에서는 내가 할 수 있는 일을 찾아서 하는 것이 최선이라고 믿었다.

9
구 월

토
요 일

7

명환, 명환은 빵을 골라 집으로 들어갔다. 이제 막 씻고 나온 명환의 동생에게서 바디로션 냄새가 났다. 그는 단팥이 들어간 빵을 봉지에서 집어 동생에게 건넸다. 동생은 자연스럽게 냉장고에서 우유를 꺼냈다.

9  **일**
구 월 요 일

진희, 거울을 보던 진희는 잔뜩 주름진 미간이 거슬렸다. 일하는 동안에도 자연스레 인상을 쓰는 것 같았다. 이 표정이 굳어져 자신의 얼굴이 될까 두려웠다. 진희는 그 부분을 힘주어 늘렸다.

9 구 월  **월** 요 일

남욱, 남욱은 9월인데도 가시지 않은 더위가 놀라웠다. 길거리에는 반소매 티셔츠를 입은 사람들이 보였다. 단풍은 언제 보고 가을은 언제 즐기지 남욱은 문득 쓸쓸함이 느껴졌다.

9
구 월

화
요 일

10

부선, 침대에 누운 부선은 잠이 오지 않았다.
밖에서 나는 이상한 냄새에 코를 킁킁거렸다.
마루로 나가자 엄마가 라면을 먹고 있었다.
부선은 눈을 흘기며 작게 비명을 질렀다.
그러자 배시시 웃던 엄마가 같이 먹자고
말했다.

9 구월  수 요일

두리, 답답함이 느껴진 두리는 카페에서 나와 산책을 하기로 했다. 낮에는 겉옷을 입지 못할 정도로 덥다가도 밤이 되면 날씨가 쌀쌀해졌다. 수목원 입구로 가는 골목으로 길을 틀었다. 가로등이 있어 어둡지 않았다. 두리는 외투를 여미며 걸음을 멈추지 않았다.

9
구 월

목
요 일

12

유안, 디저트를 고르던 유안은 집에 남은 카레가 생각이 났다. 이틀 전에 올라온 엄마와 같이 먹은 카레였다. 오늘까지는 먹어야 상하지 않을 텐데. 유안은 커피만 포장하고 나와 집으로 향했다. 엄마가 해주는 음식은 버리지 않고 먹어 치우는 게 속이 편했다.

9
구 월

금
요 일

13

이제, 이제는 찌뿌둥한 몸을 일으켰다. 출근하기 싫다. 눈을 뜨자마자 튀어나온 소리였다. 언제쯤이면 출근에 익숙해질지 이제는 알고 싶었다. 휴대폰 알림이 때맞춰 울렸고 그는 기지개를 켰다.

9  **토**
구 월 요 일

14

근우, 근우는 성당 앞에서 몇 분째 서성이고 있었다. 예배가 끝났는지 수녀님이 강당 문을 열고 있었다. 많은 사람이 나왔고 근우는 그 인파 속에 자연스럽게 섞였다. 그렇게 어려운 일이 아닐지도 모른다는 생각이 들었다.

9
구 월

일
요일

15

혜랑, 저녁 바람이 좋아 혜랑은 팟캐스트를 들으며 걸었다. 웃긴 부분에서는 킥킥대느라 주변 눈치를 봐야했다. 아노락 점퍼의 지퍼 부분을 입까지 끌어올리면서 웃음을 참았다. 동네를 한 바퀴 더 돌기로 했다.

9 월
구 월  요 일

16

연주, 연주는 도장 입구에서 태권도 띠로 장난치는 아이들에게 경고했다. 신발을 못신겠다며 짜증을 내는 아이가 보여 다시 신발장으로 갔다. 벨크로가 떨어져 나갔다고 알려주자 아이는 시무룩한 표정으로 차를 타러 나갔다.

9
구 월

화
요일

17

서홍, 안개가 잔뜩 낀 도로를 지나가며 서홍은 긴장감에 운전대를 꽉 쥐었다. 아직도 안개 낀 날씨에 운전은 쉽지 않았다. 흐릿하게 보이는 검은 형체에 속도를 더욱 줄였다.

9 구 월  **수** 요 일

18

박하, 성산항에서 우도 가는 배를 탔다. 짧은 거리에도 귀밑에 멀미약을 붙인 박하는 조금 긴장이 되었다. 바다 구경도 못하고 실내에만 가만히 있었다. 사람들이 일어나 줄지어 나가자, 박하도 일어났다. 갑판에 나가니 날씨가 너무 좋았다는 누군가의 말에 설렘이 일었다.

9
구 월

목
요 일

19

해진, 해진은 "몰라."라고만 일관하는 희원을 다독였다. 대답을 요구하듯 말하면 희원이 입을 꾹 다물어버린다는 것을 알았다. 해진은 질문 대신 물을 건네며 조용히 생각할 시간을 주었다. 희원은 최선의 대답을 고르려고 노력 중인 것 같았다.

9
구 월

금
요일

20

희원, 모르겠다. 희원은 자신이 왜 그랬는지 알 수가 없었다. 충동적인 행동이 자신을 옭아맨다는 것을 알면서도 이번에도 그랬다. 해진은 다그치지 않았다. 연인이기 전 오랜 친구였던 해진의 배려였다.

9  **토**
구 월 요 일

21

한빛, 코끼리 동화책이 가득 찬 책장에 놀라움을 감추지 못했다. 싸한 기분이 들면 바로 도망치라는 친구의 말대로 한빛은 현관의 위치를 다시 떠올렸다. 소개팅에서 코끼리를 좋아한다는 그의 말은 사실이었다.

9
구 월

일
요 일

22

루다, 여름이 지나니 하늘이 금방 어두워졌다. 루다는 주머니에서 키를 찾아 작업실 문을 잠갔다. 주문대로 만들려면 다음 주 내내 작업실에 살아야 했다. 회사를 그만두기 전에는 이런 힘듦도 간절했는데 직접 경험하니 역시 만만치 않았다.

9 구 월  **월** 요 일

23

사랑, 오랜만에 기타를 꺼낸 사랑은 살살 줄을 퉁기며 조율했다. 고등학교 때까지는 동아리 부원이었을 정도로 클래식 기타에 심취했지만, 입시를 겪으면서 이젠 취미가 되었다. 사랑은 악기를 하기 잘했다고 생각하면서 동시에 아쉬움이 들었다.

9
구 월

화
요 일

24

혜승, 저녁도 먹지 않고 까무룩 잠이든 혜승은 열두 시가 되어서야 눈을 떴다. 열린 창문으로 서늘한 바람이 불고 있었다. 이불을 턱 끝까지 끌어안았다. 이제 장판을 꺼낼 때인가. 혜승은 중얼거리며 베개에 얼굴을 묻었다.

9
구 월

수
요 일

25

서연, 서연은 위태로운 높이에도 돌을 올리고 싶었다. 주위에 널려있는 돌 중 제일 작은 돌을 골랐다. 마음의 무게에 비해 가벼운 돌을 찾아야 한다는게 아이러니하게 느껴졌다.

9
구 월

목
요 일

26

누리, 누리는 단기 아르바이트 공고를 훑다가 노트북을 닫았다. 돈이 궁해도 일을 하기가 싫었다. 이대로 집에서만 생활하는 것은 어떨지 철없는 생각도 해봤다. 언니에게 돈을 꾸는 일도 한두 번이었다. 당장 내일 약속에서 입을 옷이 없다는 것도 서러웠다.

9
구 월

금
요 일

27

다희, 요양병원에 있는 할머니를 뵈러 다희는 본가로 내려갔다. 엄마는 반입이 되지 않은 짐 목록을 다시 한번 확인하면서 트렁크에 보따리를 넣었다. 병실에 들어갈 수는 없어도 할머니의 얼굴을 보는 게 위안이 되었다. 웃는지 우는지 화가 났는지 알 수 없는 얼굴인데도 전혀 무섭지 않았다.

9
구 월

토
요 일

28

지나, 지나는 빈 교실의 분위기가 새삼 적응이 되지 않았다. 학생들이 있어야 할 곳에는 농도가 짙은 빛이 한 움큼 뿌려져 있었다. 학생들이 앞으로도 저런 햇빛을 맞으며 자랐으면 좋겠다고 바랐다.

9  **일**
구 월 요 일

29

윤우, 약속 시간이 지나도 그는 오지 않았다. 윤우는 외투를 입고 카페를 나갔다. 어느 정도는 예상하였지만 정말로 오지 않았다. 마음이 뭉텅이로 잘려 나간 기분이었다.

9 월
구 월　　　　　　　　　요 일

30

장미, 장미는 누군가와 같은 이름으로 불리는 인물들의 행복을 빌면서 엑셀 창을 닫았다.

10 시월  **화** 요일

1

승민, 우선 아무 말이나 적기로 했다. 입사 지원이 처음은 아니었지만, 이런 순간이 가장 힘들었다. 돈이 필요해서 지원했고요. 뽑아만 주시면 열심히 하겠습니다. 승민은 끓어오르는 본심을 억누른 채 그럴듯한 문장을 겨우 골라냈다.

10
시 월

수
요 일

윤서, 윤서의 이마에 땀방울이 송골송골
맺혔다. 오름을 몇 번 같이 오르긴 했지만,
본격적인 등산은 처음이었다. 같이 가요.
도무지 호흡을 맞추기 어려운 아버지의
발걸음이 거침없었다.

10
시 월

목
요 일

양순, 매콤한 떡볶이와 과일빙수, 두 사람이 만날 때마다 빠지지 않고 즐기는 코스 요리였다. 주말 약속을 잡으면 굳이 메뉴를 정하지 않아도 암묵적으로 향하는 가게는 학창 시절의 추억이 담긴 장소였다. 혈당이 제대로 충전되는 느낌이 양순의 스트레스를 제대로 해소해 주었다.

10
시 월

금
요 일

4

조이, 할인 기간을 노려 인터넷에서 주문한
의상이 일주일째 감감무소식이었다. 오전에
주문하면 하루 만에도 오던 곳이었는데,
조이는 상품 준비중으로 조회되는 화면을
수차례 들락거렸다.

10
시 월

토
요 일

해원, 해원은 피아노를 배우고 싶었다. 애석하게도 그녀의 근무 스케줄로는 무언가 배우는 일이 쉬운 도전은 아니었다. 레슨 공고만 뒤적거린 것이 몇 달 째였다.

10
시 월

일
요 일

6

연희, 찬장에서 간식을 꺼냈다. 연희의 손에 초코 쿠키와 젤리가 잡혔다. 먹고 잘 것인가, 그냥 잘 것인가. 이대로 누우면 새벽에 다시 눈이 뜨일 것이 틀림없었다. 일단 먹어야 한다. 연희는 별 수 없다는 생각으로 포장을 뜯었다.

10 월
시 월  요 일

7

병준, 즐겨듣던 라디오 DJ가 프로그램 개편으로 교체되었다. 내심 그에게 정이 들었던 병준은 아쉬운 마음을 감출 수가 없었다. 이럴 줄 알았으면 제대로 쓴 사연이라도 보내보는 거였는데. 이름도 얼굴도 모르는 방송국 담당자가 괜히 미워졌다.

10
시 월

화
요 일

예영, 예영은 제주로 향했다. 친구도
남자친구도 다 물에 둔 채 떠나는 여행이었다.
가끔은 이런 날도 있어야지. 혼자 여행은
처음이었지만 두려울 것은 없었다. 가을의
제주를 온전히 만끽하고 싶었다.

10
시 월

수
요 일

민형, 민형은 꼭 엎드린 채로 책을 읽었다. 시력이 나빠지는 것을 염려한 가족들이 매번 아이에게 타박을 놓았지만, 바른 자세로 읽는 시간은 잠시뿐이었다. 민형은 오히려 안경을 쓰고 싶었다. 안경이 있으면 세상을 다르게 볼 수 있을 것 같았다.

10
시 월

목
요 일

잔디, 잔디는 숨을 크게 들이쉬었다. 그리고 온 힘을 다해 숨을 불어넣었다. 잔디가 분 풍선은 다른 아이들 것보다 훨씬 컸다. 잔디는 금방이라도 터질 것 같은 풍선의 입구를 잡고 빙글빙글 돌렸다. 아주 기세등등한 표정이었다.

10  **금**
시 월   요 일

소연, 소연의 머리는 염색을 했냐는 말을 들을 정도로 옅은 빛을 띠었다. 해가 잘 드는 곳에 서 있으면 빛이 머리를 그대로 투과하는 것처럼 보였다. 나는 그런 소연의 머리를 자주 빗겨주었다. 가지런히 올려 묶었을 때 찰랑거리는 모습이 좋았다.

10
시 월

토
요 일

12

준서, 겨울이 가까워지고 있었다. 밤바다에서 더 이상 더운 바람이 불어오지 않았다. 쌀쌀한 공기가 준서의 뺨을 할퀴고 지나갔다. 여름 내내 그의 발바닥을 간지럽히던 모래사장은 서늘한 온도로 열기를 덜어내고 있었다.

10  **일**
시 월 요 일

13

지은, 지은은 딸의 성화에 이기지 못해 따라간 여행길에서 우연히 찻집에 방문했다. 젊은 부부가 운영하는 작은 매장에는 군데군데 두 사람의 손길이 닿은 소품이 많았다. 예전부터 알고 지내던 사이인 것처럼 지은을 대하는 주인 내외의 모습이 인상 깊었다.

10  **월**
시 월   요 일

14

하연, 일터에서 집까지는 도보로 30분, 차로는 5분정도 떨어진 거리였다. 하연은 비만 오지 않으면 걸어서 퇴근을 했다. 특별한 거라곤 편백나무와 억새들 뿐이었지만, 가지런하게 조성된 산책로를 좋아했다. 인적이 드문 시골길을 걷다보면 예상치 못한 일들이 꼭 생기기 마련이었다.

10
시 월

화
요 일

15

다교, 두 사람은 점심식사를 늘 같이 했다.
사귀는 사이가 아니냐는 소문이 돌 정도로
돈독한 관계였다. 다교는 맞은 편에 앉은
친구의 얼굴을 물끄러미 바라보았다. 수저를
잡은 곱은 손이 처량하고도 아름다웠다.

10
시 월

수
요 일

16

기연, 기연은 황급히 모니터 전원을 켰다. 제출 마감까지 10분도 남지 않은 과제가 화면에 그대로 떠 있었다. 지난 밤 학교와 관련된 모든 것들을 지워버린 채 이별의 고배를 마셔버린 탓이었다. 저장 후 제출버튼을 누르는 손이 그 어느 때보다 재빨랐다.

10
시 월

목
요 일

17

현정, 아주 아주 긴 편지를 썼다. 수신인은 정하지 않았다. 그냥 이 순간을 남기고 싶었고 현정과 가까운 누군가가 그 흔적을 알아봐주길 바랐다. 마냥 무기력하지만은 않은 이른 저녁이었다.

10
시 월

금
요 일

18

혜지, 혜지는 라디오에서 흘러나오는 익숙한 목소리에 잠에서 깼다. 매일 저녁 7시를 함께하는 DJ의 웃음기 가득한 말투가 버스 안을 울렸다. 오늘도 생방송으로 시작합니다. 스피커에서 흘러나오는 훈훈한 목소리에 혜지의 입꼬리도 따라 올라갔다.

10
시월

토
요일

19

지영, 지영은 서랍을 정리하다 우스꽝스러운
표정이 찍힌 폴라로이드 사진을 보았다.
어떻게든 지영을 웃게 하려는 결연한 의지가
담긴 친구의 모습이었다. 여러 번 다시
꺼내보아도 웃지 않을 수 없는 얼굴이었다.

10
시 월

일
요 일

수아, 지하철을 타는 일이 좀처럼 익숙해지지 않았다. 지하로 내려가는 끝이 보이지 않는 계단, 기계적으로 카드를 찍는 무표정의 사람들, 너무 빠른 속도로 사라지는 창밖의 풍경. 수아에게는 서울의 모든 것들이 낯설고 어색하게만 느껴졌다.

10 월
시 월 　　요 일

21

영란, 영란의 집 앞에는 밭작물을 기르는 작은 텃밭이 있었는데, 둘레를 따라 검은 돌담이 둘러싸고 있었다. 서로 다른 모양으로 얽혀있는 진한 색의 돌은 촘촘하지 않지만 견고했다. 돌과 돌 사이 틈으로 자라고 있는 작물을 엿보는 것이 비공식적인 저녁 일과 중 하나였다.

10
시 월

화
요 일

22

설의, 요즘 어떻게 지내? 수화기 너머에서 친구가 다정한 목소리로 먼저 인사를 건네왔다. 제주에 사는 친구였다. 지금이 여행하기 딱 좋은 계절이야. 웃음기가 담긴 목소리에 설의를 보고 싶어 하는 마음이 가득 담겨있었다.

10
시 월

수
요 일

23

영관, 영관이 여자친구가 생겼다는 사실을 부서에서 모르는 사람이 없었다. 처음에는 막연히 연애를 하나보다 했던 이들도 평소 같지 않은 영관의 모습에 당황하기 시작했다. 매일 귀에 걸려있는 영관의 입꼬리가 왠지 모를 부러움을 유발했다. 무뚝뚝한 로봇이 애교 많은 강아지가 되어 있었다.

10
시 월

목
요 일

24

선경, 선경은 다시 마스크를 썼다. 환절기 일교차에 예민해진 기관지가 말썽이었다. 수업 내내 잔기침이 새어 나와 집중할 수가 없었다. 눈총을 주던 얄미운 선배의 얼굴이 생각났다. 같이 쏘아보지 않은 것이 못내 아쉬웠다.

10
시 월

금
요 일

25

승세, 승세의 하루는 조금 늦게 시작되었다. 그림을 업으로 삼는 직업 특성상 어쩔 수 없는 생활 습관이었다. 커튼 밖은 이미 해가 지고 있었다. 냉장고 문을 열고 정신을 차리려 애썼다. 얼굴에 잠이 그대로 묻어 있었다.

10
시 월

토
요 일

26

주영, 주영은 진주 목걸이를 매만졌다. 중요한 미팅이 있을 때마다 보호구처럼 사용하는 목걸이는 주영의 목둘레에 딱 맞추어 제작된 디자인이었다. 목을 살짝 죄는 느낌이 긴장감을 되새겨 주었다.

10
시 월

일
요 일

27

빛소, 빛소는 언니의 타로카드를 펼쳐보았다. 어떤 의미인지 잘은 몰라도 하나씩 뒤집어 보는 재미가 있었다. 이번 겨울은 사랑하는 사람과 보낼 수 있을까요? 타로카드의 인물들이 빛소의 시선을 피했다. 왠지 지난해와 다르지 않은 크리스마스를 보내게 될 것 같은 예감이 들었다.

10 월
시 월 　　　　요 일

28

성현, 바닥을 디딘 발이 거침없이 하늘로 튀어올랐다. 골대를 가로지르는 성현의 공이 관객들의 환호를 일으켰다. 달려드는 동료들의 짓궂은 표정에 성현도 덩달아 신이 난 얼굴이었다.

10
시 월

화
요 일

29

다정, 다정의 배낭은 늘 무거웠다. 한 권만 챙기려니 다른 책도 읽고 싶고, 기록할 일은 어찌나 많은지 다이어리와 노트도 챙겨야 했다. 혹시나 생길지 모르는 일에 대비하려 이것저것 챙기다 보면 어느새 한 짐이 되어 있었다. 저녁만 되면 무거운 어깨의 이유를 다정만 모르고 있는 것이 틀림없었다.

10  수
시 월 요 일

30

자원, 자원은 어느새 어머니의 얼굴을 하고 있었다. 초음파 검사 화면을 보고 있던 남편이 곁에서 손을 꼭 잡아주었다. 병원에 방문할 때마다 긴장한 표정이 역력하던 간호사는 이제 익숙한 손길로 자원을 보살폈다. 걱정했던 검사 결과는 나쁘지 않았다. 한 달 뒤에 자원은 정말 아이의 엄마가 될 것이었다.

10
시 월

목
요 일

31

서진, 서진은 금세 작업복을 입고 나왔다. 낯설었지만 침착하게 안내 봉사자의 지시를 따랐다. 청소 구역은 생각보다 넓었다. 지난달 방문했던 보호소의 두 배는 되는 것 같았다. 방수 처리가 된 장갑이 살짝 젖어 쌀쌀한 날씨를 머금고 있었다.

11
십일월

금
요 일

1

예빈, 하루아침에 달라진 기온에 예빈은 겨울 이불을 일찍 개시했다. 가을을 온전히 즐기기도 전에 쌀쌀해진 날씨가 야속했지만, 두꺼운 이불이 주는 포근한 감촉은 놓칠 수 없었다. 오늘 밤에는 예빈의 잠이 더 깊어질 예정이었다.

11
십일월

토
요 일

2

시은, 시은은 올해 달력이 몇 장 남지 않았다는 것에 기분이 울적해졌다. 올 한 해 매일을 함께 해준 탁상달력이 휘갈겨 쓴 일정으로 가득 채워져 있었다. 2024년을 보내줄 준비를 할 시간이었다.

11
십일월

일
요 일

3

은주, 상상 이상으로 배가 아팠다. 늦은 밤 출출함을 견디지 못하고 주문한 매운 닭발 때문이었다. 은주는 절대로 야식을 먹지 않겠다는 백 번째의 다짐을 했다.

11
십일월  **월**
요 일

4

영렬, 옆자리에 앉은 사람들의 소란에 절로 귀가 기울여졌다. 심각한 얼굴을 한 커플의 목소리는 처음 앉았을 때와 다르게 언성이 높아져 있었다. 영렬은 조용히 이어폰을 귀에 꽂았다. 그들과 자신 모두를 위한 선택이었다.

11
십일월

화
요 일

5

세웅, 독한 담배를 피우시네요. 냄새가 오래 남아 있어요. 세웅은 영화 대사를 몇 번이고 따라 했다. 여러 번 반복해도 주연 배우의 미묘한 표정까지는 흉내 낼 수 없었다.

11
십일월

수
요 일

이현, 이현의 오른쪽 뺨에 자리 잡은 작은 뽀루지는 성장을 멈추고 그녀의 약을 올렸다. 소개팅 전에 이놈을 해치우리라 마음먹었건만, 터질 듯 말 듯 한 모습이 이현의 속을 들여다보는 것 같았다. 결국 결심한 그녀는 양손에 흰 면봉을 집어 들었다.

11
십일월

목
요 일

7

수영, 수영은 다시 복권을 샀다. 이번 주에는 왠지 당첨될 것 같은 기분이었다. 2, 5, 7, 10, 15, 37, 40. 작은 종이에 거는 기대가 출근의 고통을 잠시 잊게 해주었다.

11  **금**
십일월 요 일

8

유경, 미용사가 유경의 마음에 꼭 드는 스타일을 추천해주었다. 기대 이상으로 잘 나온 머리가 그녀의 기분을 들뜨게 했다. 이런 날 집으로 바로 들어가면 안 되지. 금요일 밤을 그냥 보낼 수는 없는 노릇이었다.

11
십일월

토
요 일

9

수안, 오늘따라 술이 달았다. 이런 날은
조심해야 하는데, 오랜만에 보는 친구들의
얼굴이 맑아보였다. 수안의 얼굴에도 웃음이
달아나지 않았다.

11
십일월

일
요 일

10

양열, 야식을 주문하는 양열의 손놀림에 한 치의 망설임도 찾아볼 수 없었다. 이런 날은 먹어줘야 했다. 기분이 저기압일 땐 고기 앞으로, 그 어느 때보다 당당한 모습이었다.

11
십일월

월
요 일

11

소희, 소희는 잘려 있지 않은 덩어리 식빵을 뜯었다. 그녀는 머리가 복잡할 때마다 꼭꼭 씹을만한 걸 찾았다. 윗니와 아랫니가 마주 닿으면서 뇌를 두드렸다. 지금은 뭐든 떠올려야 하는 순간이었다.

11
십일월

화
요 일

12

샛별, 여지없이 추운 날씨가 이어졌다. 샛별은 계절을 붙잡아두고 싶었다. 제대로 누리지 못한 가을을 보내기 아쉬웠다. 옅어지는 가을 잎의 색이 작년 이맘때 걷던 거리를 생각나게 했다.

11
십일월

수
요 일

13

혜연, 혜연은 모두가 인정하는 유망주였다. 선수 생활을 했던 어머니가 운동을 극구 만류했지만, 혜연의 열정에 비할 바가 아니었다. 코트 위에서의 시간은 오직 그녀만의 것이었다. 상대의 움직임에 맞추어 몸을 날렸다. 채에 맞고 튕겨 나가는 공이 그녀의 팔에 진동을 남겼다.

11
십일월

목
요 일

14

채현, 그녀의 부모님은 어릴 적부터 각자의 일로 바쁜 시간을 보냈다. 자연스레 채현은 혼자만의 시간을 아주 오래 겪었다. 일찍 결혼을 결심한 것도 그런 연유에서였다.

11
십일월

금
요일

15

륜경, 그녀의 퇴사 소식이 퍼진 건 꽤 시간이 지난 뒤였다. 륜경이 그만둔다고? 다들 의아함이 가득 찬 목소리로 되물었다. 하나같이 '그럴 리 없다'는 반응이었다. 누구보다 회사에 애정이 있던 그녀를 동료들이 모를 리가 없었다.

11
십일월

토
요 일

16

나슬, 그대로 녹아버릴 것만 같았다. 아주 뜨거운 김치찌개였다. 나는 뜨거운 음식을 잘 먹지 못했고 나슬은 기대에 찬 얼굴로 나를 봤다. 침을 꿀꺽 삼킨 뒤 한 숟갈 국물을 펐다. 먹는 시늉이라도 해야 할 것 같은 눈빛이었다.

11
십일월

일
요 일

17

영배, 이제 와서 돌이킬 수는 없는 노릇이었다. 영배는 숨을 고르고 두 손안에 있는 패를 훑어보았다. 상대에게 어디까지 노출해야 손해 보지 않는 선에서 이 게임을 해쳐나갈 수 있을까. 수백 가지 경우의 수를 떠올렸다.

11
십일월

월
요 일

18

아성, 장바구니를 챙겨 마트에 갔다. 사람들이 북적거리는 장소에 갈 때, 혼자인 채가 좋았다. 아성은 정신없이 물건을 뒤적거리는 사람들의 틈 사이에서 눈치 보지 않고 물건을 골랐다. 사고 싶은 것이 있으면 적당히 헤아려 본 뒤 카트에 실었다. 일주일 치 스트레스가 다 풀리는 기분이었다.

11
십일월

화
요일

19

해림, 해림이 난로 앞에 조용히 앉아 있을 때,
곁에 다가와 서는 사람이 있었다.
"따뜻하네요."
그리고 자연스럽게 앉아 손을 덥혔다.
딱히 이어질 말을 찾지 못했다.
그것대로 괜찮다는 생각을 했다.

11
십일월

수
요 일

20

진미, 진미는 조심스럽게 서점의 문을 열었다. 직접 방문해보는 것은 처음이었다. 실제로 보니 더 좋았다. 영하로 떨어지는 바깥 날씨와 달리 실내는 따뜻한 공기가 가득했다. 완전히 다른 세계에 온 것 같았다.

11
십일월

목
요 일

21

지언, 편한 복장으로 갈아입은 지언은 소파에 몸을 뉘었다. 차가운 가죽의 감촉에 깜짝 놀랐다. 얼른 몸을 덥혀야 했다. 어느새 겨울이 다가오고 있었다.

11
십일월

금
요 일

22

미래, 어느덧 열 권째였다. 학창 시절부터 쓰던 일기를 모아보니 숫자로 딱 열이 되었다. 미래에게 기록은 습관이었다. 하루의 조각을 조금씩 떼어내어 글로 담았다. 미래와 그녀의 일기장, 둘만이 아는 세계에 무언가를 남기는 일이 마냥 좋았다.

11
십일월

토
요일

23

주희, 회사의 모든 키보드가 교체되었다.
입사한 지 3년째 되던 해였다. 주희는 버튼의
감촉이 낯설어 자꾸 오타를 냈다. 그게 왜인지
모르게 눈물이 났다. 익숙해 있던 그와의
시간이 생각났다.

11
십일월

일
요 일

24

상은, 아끼던 셔츠에 얼룩이 남았다. 애써서 세탁해도 선명하게 남은 흔적이 지워지지 않았다. 상은을 유달리 아끼던 이가 사준 옷이었다.

11
십일월

월 요일

25

승효, 승효는 자꾸만 침대로 향하는 몸을 일으켜 세우려 애썼다. 쌀쌀한 날씨에 틀어놓은 라디에이터가 그의 온도를 녹는점까지 끌어올렸다. 축 늘어지는 고개가 중력의 힘을 거스르지 못했다.

11
십일월

화
요 일

26

철광, 오랜만이네요. 젊은 사진사가 철광을 맞이했다. 지하로 연결되는 계단은 넓은 공간으로 이어졌다. 엷은 볕이 드는 실내에 훈기가 돌았다.

11
십일월

수
요 일

27

하율, 하율은 그를 반기는 기색이 역력했다.
마치 오래 전부터 알고 지낸 사이처럼 보였다.
남자는 자연스럽게 하율의 머리를
정리해주었다. 아주 다정한 손길이었다.

11
십일월

목
요 일

28

한글, 움직일 힘도 없을 정도로 허기진 배를 움켜쥐며 외투를 입었다. 현관문을 여는 한글의 눈빛이 그 어느 때보다 결의에 차 있었다. 무엇이든 해치울 기세였다.

11
십일월

금
요 일

29

명규, 그는 조용히 명규를 응원했다. 겉으로 티를 내진 않지만 그간 애쓴 기색이 역력했다. 수척해진 얼굴이 안쓰러워보였다. 한 가지 여전한 것은 누구보다 반짝거리는 눈빛이었다.

11
십일월

토
요일

30

다현, 오랜만에 단장을 했다. 몇 년 만에 연락이 닿은 다현의 친구와 만나는 날이었다. 안전띠를 단속하는 버스 기사님의 목소리까지 달콤한 노랫소리로 들렸다. 빠르게 지나가는 창밖 풍경을 보며 같이 여행을 다니던 그 시절을 떠올렸다.

12
십이월

일
요 일

예람, 가을이 사라진 것 같아. 예람은 가을 패션을 뽐내기도 전에 두꺼운 외투를 걸쳐야 하는 날씨를 견디며 매무새를 가다듬었다. 추위를 참지 못하는 체질이 그를 움츠러들게 했지만 겨울에도 포기할 수 없는 패션 의지가 불타올랐다.

12
십이월

월
요 일

슬비, 첫 공연을 끝낸 슬비는 헤아릴 수 없을 벅찬 감정이 들었다. 걱정했던 일은 일어나지 않았다. 무사히 끝냈다는 사실이 행복한 안도감을 주었다.

12
십이월

화
요 일

세롬, 오후 3시만 되면 졸려오는 눈을 홉뜨려 온 정신을 집중했다. 분명 점심식사 후 카페인 충전까지 마쳤건만, 나른함을 더 해주는 겨울 햇살이 잠의 세계로 인도했다. 눈을 붙이고 싶다는 달콤한 유혹이 행동이 되기 전에 세롬은 자리를 박차고 일어났다.

12
십이월

수
요 일

계연, 계연은 유독 김밥을 좋아했다. 이만큼 가성비 좋은 음식이 어디 있다고 그래. 계연은 어머니가 혀를 내두를 만큼 아랫동의 알아주는 김밥 킬러였다.

12
십이월

목
요 일

은휘, 그 미용실에 가는 게 아니었는데.
은휘는 거울을 볼 때마다 10살은 더 들어
보이는 것 같아 속상했다. 빗질로 이리저리
넘겨봐도 나아지는 것은 없었다. 요즘 그렇게
복고가 유행인가? 머리만 10년 전으로 돌아가
있었다.

12

12
십이월

금
요 일

송희, 알레르기를 견디지 못한 연약한 결막이 결국 눈을 붉게 물들였다. 충혈된 눈을 보고 깜짝 놀란 송희는 눈을 비비고 싶은 욕망을 가라앉히며 거울을 들여다보았다. 어쩌면 학교에 아프다는 핑계를 댈 수도 있을 것 같았다.

12
십이월

토
요 일

미영, 미영은 옷장을 수차례 여닫았지만, 입을만한 옷이 없었다. 한 달만에 만나는 남자 친구는 아마 세련된 옷을 입을 터였다. 날씨 핑계를 대며 쇼핑이나 해야겠다고 생각했다.

12
십이월

일
요 일

하진, 여행의 출발을 알리는 산뜻한 기분이 앞으로의 여정을 기대하게 했다. 하진은 낯선 도시에서 만난 상냥한 사람들 덕분에 행복한 시간을 보내고 있었다. 디저트 가게에서 선물로 받은 쿠키의 포장을 뜯으며 내일 가고 싶은 장소를 다시 찾아보았다.

12 월
십이월  요 일

9

솔, 솔은 베란다 창틀 앞에 놓인 화분들을 바라보았다. 한 해를 무사히 견뎌낸 녀석들이었다. 잘 견뎌주었구나, 그리고 잘 길러냈구나. 자신과 일 년을 함께 보낸 동반자가 생겼다는 것이 삶에 또 다른 의미를 가져다주었다.

12
십이월

화
요일

10

진언, 진언은 글이 잘 풀리지 않아 머리가 지끈거렸다. 그럴 때마다 작가라는 직업에 대해 다시 생각해 보았다. 그리고 그때마다 결국은 글 쓰는 일이 제일이라는 결론을 내렸다.

12  수
십이월   요 일

11

희라, 왜 이런 일을 하세요? 그날 들었던
질문이 계속 생각났다. 이유야 찾으려면 찾을
수 있겠지만 트집을 잡는 것 같은 말투 때문에
희라는 속이 상했다. 좋아서 하는 일인데,
희라의 마음은 그러했다. 그냥 좋은 마음
때문이었다.

12
십이월

목
요 일

12

은수, 은수는 겨울이 되어야만 누릴 수 있는 계절의 분위기를 온전히 만끽했다. 이를 테면 따뜻한 방바닥에 이불을 덮고, 엎드린 채로 먹는 상큼한 귤 같은 것들. 은수는 오늘도 행복한 겨울을 날 준비를 끝내고 행복에 잠겼다.

12
십이월

금
요일

13

하륜, 공항 근처 소품 가게는 예상과 달리 손님이 많았다. 천천히 여유를 가지고 둘러보기엔 너무 협소한 공간이었다. 하륜은 점점 마음이 다급해졌다. 친구에게 약속한 여행 선물이 있었지만 마음에 드는 것을 찾지 못한 상태였다.

12
십이월

토
요 일

14

서현, 가이드 영상을 수십 번 되돌려 보아도 실패의 연속이었다. 조립식 가구의 가격이 저렴한 이유를 이제야 알 것 같았다. 서현은 조였던 나사를 다시 풀었다. 시작 지점부터 잘못되어 있던 것이 틀림없었다.

12
십이월

일
요 일

15

지성, 그땐 넓은 잎의 나무들이 이미 옷을 벗은 뒤였다. 지성은 그날도 산책을 하고 있었고, 빨간 단풍잎이 그의 발걸음을 멈추게 했다. 추운 날씨를 견디고 나면 꼭 붉어지는 자신의 뺨과 닮은 빛깔이었다.

12
십이월

월
요 일

16

나리, 나리는 섬에 살면서 겪는 불편이 어느새 즐거워졌다. 이곳에서 누리는 경이로운 자연은 그 어떤 것과도 바꿀 수 없는 고귀한 풍경을 보여주었다. 매일 매일 바라보는 바다였지만, 여전히 아름다웠다. 바닷길을 따라 걸으면서 이 정도의 불편함은 감수할 수 있다고 조용히 고개를 끄덕였다.

12
십이월

화
요일

17

서린, 서린은 고통에 익숙해진 상태였다. 공포의 대상으로만 여겼던 치과 역시 적응의 동물인 인간 앞에서는 평범한 일상이 되었다. 병원 직원들과 자연스럽게 인사를 나누는 자신을 보며 진정한 어른으로 성장한 기분이 들었다.

12
십이월

수
요일

18

정원, 그의 취향은 어딘가 모르게 독특한 느낌이 있었다. 이런 책을 읽는다고? 고리타분한 사람을 보는 듯한 표정에 정원은 어깨를 으쓱해 보일 뿐이었다. 절판되어 더 이상 찾기 어려운 수집품을 보며 감상에 젖는 것이 그의 평범한 일상 중 하나였다.

12
십이월

목
요 일

19

성화, 성화는 열이 많아서 한겨울에도 창문을 열고 지내는 일이 많았다. 너는 왜 이렇게 춥게 지내냐. 집을 방문한 가족과 친구들의 원성에 그는 단호하게 잘라 말했다. 지금이 최적의 온도야. 그가 겨울을 좋아하는 것 역시 같은 이유 때문이었다.

12
십이월

금
요 일

20

민주, 민주는 주위 모든 사람들이 인정하는 책에 진심인 사람이었다. 책에서 손을 떼지 않고 걷는 민주의 모습을 보면 책벌레가 혀를 내두를 정도였다. 깊은 눈매가 책에 집중한 그의 얼굴을 더욱 근사하게 했다.

12
십이월

토
요 일

21

화진, 화진은 새로 장만한 베개에 얼굴을 푹 파묻고 있었다. 지난 여행 숙소에 있던 제품과 같은 물건이었다. 머리를 대기만 하면 기절한 듯 잠들게 하는 쿠션감이 큰 감동을 주었다. 화진의 마음도 같이 푹신해지는 기분이었다.

12
십이월

일
요 일

22

가연, 가연은 생각을 글로 옮기는 일에 흥미를 붙이기 시작했다. 종이에 연필로 쓰는 일만큼 생각 정리에 도움이 되는 일이 없었다. 그녀의 영감 노트가 열심히 일하는 순간은 일이 풀리지 않거나 퇴로에 막혔을 때, 더 이상 뾰족한 수가 떠오르지 않을 때, 그러다 결국 머리를 쥐어뜯고 있는 순간이었다.

12
십이월

월
요 일

23

예림, 예림은 고장 난 마우스와 씨름하다 결국 패배를 인정했다. 퇴근길에 새 걸 산다는 게 그만 새까맣게 잊은 것이었다. 굳이 책임을 묻자면 너무 추운 날씨 때문이었다. 그 순간에는 1초라도 빨리 집으로 들어가지 않으면 안 될 것 같았다.

12
십이월

화
요 일

24

세원, 세원는 선물 받은 립밤을 여러 번 덧발랐다. 겨울이 될 때마다 부르트는 입술을 안타깝게 여긴 친구의 선물이었다. 립밤이 그렇게나 비싸? 그는 한사코 거절하는 세원의 말을 단호히 제지했다. 이 맛에 돈 쓰는 거란다 친구야.

12
십이월

수
요 일

25

정아, 교수회관 유리문 앞에 낯선 인물이 서 있었다. 멋스럽지도, 그렇다고 우스꽝스럽지도 않은 옷차림이 유독 정아의 눈길을 끌었다. 오래전 알고 지냈던 이와 닮은 모습이었다.

12
십이월

목
요 일

26

희환, 희환은 11시를 알리는 배꼽시계의 정확함에 깜짝 놀랐다. 분명 아침을 든든히 먹었음에도 점심시간이 되기 전에 늘 허기가 졌다. 일단 뭐라도 먹고 움직이자. 다이어트는 내년부터 시작하면 될 일이었다.

12
십이월

금
요 일

27

어진, 어진과 닮은 사람을 보고 발걸음을 멈추었다. 하필 안경을 쓰고 나오지 않아서 얼굴이 선명히 보이지 않았다. 별수 없이 실눈을 뜨고 그를 바라보다가 눈이 마주쳤다. 아니, 마주쳤나? 나는 당황해서 고개를 푹 숙였다.

12
십이월

토
요 일

28

하윤, 이상하게 이곳 직원과는 마음 편히 지낼 수 있었다. 벌벌 떨며 손님을 맡던 때부터 능숙하게 와인을 추천하는 지금에 이르기까지, 왠지 모르게 정이 가는 신입 직원의 성장을 몰래 응원하고 있었다.

12
십이월

일
요 일

29

노을, 노을은 따뜻한 차를 마시며 상세 페이지를 다시 들여다보았다. 도대체 몇 번을 고쳤는지 이제는 다 외울 지경이었다. 문제는 너무 익숙해진 탓에 무엇이 잘못되었는지 알 수 없다는 것이었다.

| **12**
십이월 |  | **월**
요 일 |

30

명인, 명인은 청바지를 좋아했다. 열은 색부터 검정에 가까운 진한 색까지, 그가 섭렵하지 않은 파랑을 찾을 수 없었다. 청바지가 좋은 이유를 꼽자면 열 개라도 댈 수 있었지만, 확장할 수 있는 파랑의 세계가 무궁무진하다는 것이 가장 큰 장점이었다.

12
십이월

화
요 일

31

원빈, 새해를 기다리는 가는 눈발에 원빈은 기분 좋은 하루를 맞이했다. 밤새 널어둔 빨래가 건조한 날씨에 바삭하게 말라있어 수건을 만지작거리는 원빈의 손 끝을 보송하게 만들었다. 창문 밖 희고 고운 세상은 새로운 다짐으로 한 해를 시작하기에 적합한 온도로 마음을 문질러주었다.

파랑의
계절

1판 1쇄 발행 2023년 12월 20일

글 | 김채리, 현소희(@so_hwai)
그림 | 지(@jii_2020)
편집 및 디자인 | 김채리
펴낸 곳 | 위아파랑(weareparang)

인스타그램 | @weareparang
홈페이지 | www.weareparang.com
전자우편 | weareparang@gmail.com

ISBN | 979-11-983229-8-2(00810)